NEGOCIOS Y PLACER
Anne Marie Winston

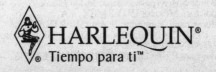

NOVELAS CON CORAZÓN

Editado por HARLEQUIN IBÉRICA, S.A.
Hermosilla, 21
28001 Madrid

I.S.B.N.: 84-396-7306-X
Depósito legal: B-33513-1999
Editor responsable: M. T. Villar
Diseño cubierta: María J. Velasco Juez
Composición: M.T., S.A.
Avda. Filipinas, 48. 28003 Madrid
Fotomecánica: PREIMPRESIÓN 2000
c/. Matilde Hernández, 34. 28019 Madrid
Impresión y encuadernación: LITOGRAFÍA ROSÉS, S.A.
c/. Energía, 11. 08850 Gavá (Barcelona)
Fecha impresion para Argentina:2.4.00
Distribuidor exclusivo para España: M.I.D.E.S.A.
Distribuidor para México: INTERMEX, S.A.
Distribuidores para Argentina: interior, BERTRAN, S.A.C. Vélez
Sársfield, 1950. Cap. Fed./ Buenos Aires y Gran Buenos Aires,
VACCARO SÁNCHEZ y Cía, S.A.
Distribuidor para Chile: DISTRIBUIDORA ALFA, S.A.

Capítulo Uno

Una gota de sudor se formó en su nuca y se deslizó lentamente entre sus omoplatos, chocando con la barrera del sujetador, para seguir por su columna hacia abajo. Mientras Jillian Kerr procuraba no matarse con sus altos tacones sobre el suelo desigual, le parecía que el lino de su traje de chaqueta negro se hubiera convertido en lana adusta y pesada. El sol brillaba sin clemencia, y bajo sus dedos, la chaqueta oscura de su acompañante le quemaba las yemas.

Tras una semana de lluvias, Baltimore había gozado de tres hermosos días soleados, el llamado verano indio típico de los septiembres de la costa atlántica. El césped parecía agostado, la luz era intensa y los pájaros trinaban como en verano.

Jillian no se fijaba en nada.

Las dos tumbas gemelas eran como cicatrices abiertas en la carne delicada y lujosa de la pradera y Jillian las superó para dirigirse al pequeño altar dónde un sacerdote iba a dar comienzo a las exequias. Soltó el brazo de su amigo y éste fue a colocarse, junto con otros amigos, en las filas que no estaban reservadas a la familia. Jillian tomó asiento, sola, en la primera fila.

No había más familia. Salvo ella, y no era del todo cierto. Jillian y Charles habían crecido juntos, eran casi como hermanos, pero no eran parientes. Y Alma, la mujer de Charles, era la hija única de unos padres ya fallecidos, de manera que tampoco había allí nadie para llorarla. Jillian era la única en quien recaía la responsabilidad de dolerse por sus queridos amigos.

Aquello no era exacto. Había otra familia y Jillian había enviado una nota muy sentida y cortés para dar cuenta de lo sucedido. Pero en su fuero interno, sabía que sólo a ella le importaban lo suficiente como para asistir a su entierro.

Cuidadosamente, rehuyó el campo minado en que su mente quería internarse y se dejó dirigir por la voz grave del pastor hacia otra senda no menos triste. Fijó los ojos en los árboles iguales que coronaban la colina, al fondo, y se apartó el rubio cabello de la cara para repetir las palabras del sacerdote. No lloró. En ningún momento. Escuchó el elogio póstumo de Alma Bender Piersall y Charles Edward Piersall, empresario local, incansable voluntario en la vida comunitaria, miembro activo de su iglesia, contribuyente generoso y su amado amigo de la infancia.

Charles Edward Piersall era también el responsable de la secuencia devastadora de acontencimientos que destruyó su amor y la convirtió en lo que era en aquel momento. Y a pesar de que debía odiarlo, sus recuerdos de Charles estaban llenos de ternura y amor.

Juntos habían aprendido a montar en bicicleta, habían trepado a los árboles y robado fruta. Se habían fugado de noche, habían criticado a los pretendientes del otro y asistido del brazo a la ceremonia de entrega de diplomas del bachillerato. Habían apoyado al otro en los momentos más duros de sus vidas. Y aunque no se habían visto mucho en los últimos años, la idea de que Charles vivía en la misma ciudad había sido para ella como un seguro, una tabla a la que aferrarse cuando la soledad amenazaba con ahogarla.

Un rumor agitó a los presentes y la hizo volver la cabeza, irritada, dispuesta a acallar a los que hablaban con una de sus temibles miradas gélidas.

Un movimiento captó su atención. Parecía... No podía ser. Al reconocer la oscura cabeza surgida del fondo, sucedió algo extraño: la tierra se elevó, osciló unos instantes y sólo recuperó la estabilidad cuando Jillian tomó aire. Miró rígidamente al frente, mientras Dax, el hermano mayor de Charles, pasaba entre la multitud y tomaba asiento en la silla de su derecha.

Oh, señor. Se suponía que estaba fuera. El pánico se adueñó de Jillian, que tuvo que recordar dónde estaba para que sus músculos recuperaran la calma. No podía huir. Por otra parte, pensó con ironía, el experto en fugas era él. El pensamiento provocó en ella una oleada tan inesperada de rabia que apretó los puños, luchando por reprimir el rencor y la pena que años atrás se habían convertido en odio en estado puro. Antes moriría que permitir que la llegada de Dax la obligara a salir corriendo.

El rumor de la conversación se espesó y Jillian observó por el rabillo del ojo que Dax giraba la cabeza. El rumor se detuvo al instante.

¿Por qué no se habría quedado calvo?, se preguntó Jillian. Ojalá hubiera engordado, o cojeara, o llevara gafas de gruesos cristales. Ojalá fuera otro.

No se había permitido más que una ojeada rápida, pero le había bastado para comprobar que Dax no había perdido ni una gota de su atractivo. En todo caso, su grave y masculino encanto se había intensificado en los años de exilio, y parecía tan fuerte como siempre. Para atestiguarlo, bastaba con mirar a sus muslos largos y musculosos bajo el pantalón de tela oscura. Un recuerdo de aquellos muslos, y el placer que le habían causado al pegarse a los suyos intentó abrirse paso entre los muros de su mente, pero lo hizo añicos sin contemplaciones.

Por fortuna ella tampoco había cambiado. Estaba muy guapa y lo sabía. Por fortuna. Su cuerpo estaba en forma, gracias al ejercicio y al gasto en cremas y peluquería. Tenía las uñas largas y lacadas con arte, el pelo en su sitio, y el traje de chaqueta tenía estilo y se plegaba con sutileza a sus delgadas, armoniosas curvas.

Pero no bastaba. Ojalá él ya hubiera superado su poderosa y bella juventud. Hubiera querido mirar a aquel hombre al que había amado y con el que iba a casarse y haberse preguntado qué habría visto en él. Por el contrario, su corazón palpitaba ante su cercanía y apenas podía respirar.

El público murmuró «amén» y Jillian comprendió que habían llegado al fin del funeral de Charles y Alma. El pastor se apartó y ella se puso en pie para hacer su papel.

Junto a ella, Dax se alzó también. Mientras avanzaba con dos rosas amarillas, su último presente a sus amigos, sintió que Dax la tomaba con delicadeza por el brazo, poniéndose a su lado y sujetándola al caminar.

Le lanzó una mirada furiosa y quiso retirar el brazo, pero no la dejó. Por vez primera sus ojos se encontraron y leyó en los de Dax cierto cinismo que la hizo estremecerse de ira. Era capaz de obligarla a hacer un numerito en aquel inapropiado momento. Pero no... estaba allí para mostrar su respeto por su hermano pequeño.

«Charles. Dios mío». La idea barrió toda su ira y la tristeza fue tan honda que sus rodillas temblaron.

En su mente, estalló, con aterradora claridad, el motivo de su presencia allí. Pero Charles no podía estar muerto, no podía yacer en un silencio frío dentro de una caja de madera clara. Era la única persona en el mundo que lo sabía todo sobre Jillian Elizabeth Kerr y lo necesitaba. Necesitaba su amistad sin exigencias, el apoyo que siempre le ofreció, su comprensión.

Y Alma. La dulce, encantadora Alma. Había sido

lo mejor de la vida de Charles, el amor de Alma, y ésta había aceptado a Jillian como a una hermana, sin recelos ni aspavientos. También ella había prestado su hombro a las lágrimas de Jillian aunque hubiera dejado de verlos tiempo atrás.

Y de nuevo las lágrimas la estaban llenando, y tuvo que apretar los labios y aguantar mientras depositaba las flores sobre los ataúdes y se apartaba, para que los demás pudiesen dar el último adiós.

Los dedos de Dax sobre su antebrazo quemaban y nada más alejarse del público, Jillian se apartó violentamente, diciendo:

—No me toques o te corto los dedos.

Estaban a pleno sol y el cabello perfectamente cortado de Dax brillaba, un negro tan oscuro que no se permitía el menor reflejo castaño o índigo. Tenía todo el aspecto del americano de éxito. Rió al oírla, una risa sin alegría, tensa como una tiza sobre la pizarra.

—Me alegra ver que sigues tan simpática como siempre, preciosa. Acabo de llegar a la ciudad. ¿No vas a abrazarme y darme la bienvenida?

—Llegas unos siete años tarde —ojalá no lo hubiera dicho, pues lo último que quería era que él pensara que había estado contando los días desde su partida. Pero el viejo amor y el rencor le habían jugado una mala pasada, al salirse de pronto del trastero donde los tenía encerrados.

Dax entrecerró los ojos y bajo su apariencia educada y formal se deslizó algo peligroso, que casi la obligó a retroceder. Pero no le dio ese gusto.

El hombre miró a los ataúdes.

—Qué pena lo de Charlie. Y su mujer. Nunca la conocí, pero debía ser algo muy especial para que mi hermano te soltara como a una patata caliente.

Monstruo. ¿Cómo podía hablar así de su hermano? El puño que rodeaba su corazón lo apretó dolorsamente, pero se limitó a decir:

7

–Alma era una maravilla. Charles la quería mucho.

Las cejas de Dax se alzaron ante su comentario.

–Y eso debió sacarte de quicio. ¿O es que el viejo Charles te mantuvo cerca para cuando las cosas se volvieran aburridas con su mujer?

El cerebro de Jillian asimiló las palabras, les dio la vuelta e intentó varias veces conectarlas antes de que el sentido de su frase emergiera.

–Eres un bastardo. No te atrevas a suponer nada sobre mi vida. No tienes ni idea de lo que Charles y yo sentíamos. Oh, perdona –asintió como si de pronto hubiera recordado algo–... Había olvidado qeu eres mucho mejor haciendo suposiciones que comprometiéndote con alguien...

Estaba frente a él y tenía que ladear un poco la cabeza para mirarlo, pues le sacaba dos cabezas. Vio cómo sus ojos brillaban y reconoció el desprecio y un odio tan viejo y tan vivo como el que ella sentía.

–¿Jill? –la ronca voz femenina expresaba preocupación–. ¿Algún problema?

Jillian se dio la vuelta para sonreír a su hermana Marina que se acercaba arrastrando del brazo a su marido.

–No pasa nada –hizo un esfuerzo para concentrarse y tendió las manos hacia su hermana–. Salvo que estamos en el funeral de dos personas que no debieron morir tan jóvenes –soltó un suspiro e ignoró la presencia de Dax a su lado. Se propuso ignorarlo para siempre.

–Marina. ¿Tanto he cambiado?

Tenía que haber supuesto que Dax no se iba a quedar callado. Tomó las manos de Marina entre las suyas y le sonrió, con mucha más ternura de la que había mostrado hacia Jillian.

Ésta se dio cuenta de que su hermana la miraba con angustia, su bello rostro esforzándose en reconocerlo.

–Marina, es Dax Piersall, el hermano de Charles.

Dax iba a preguntar algo, cuando Jillian se volvió hacia él.

–Marina tuvo un accidente hace unos años y olvidó algunas cosas. No recuerda muchas cosas de su infancia.

–¿El hermano de Charles? –los ojos azules de Marina estaban llenos de lágrimas–. No sabía que Charles tenía familia. Lo siento tanto...

–No te preocupes –las palabras de Dax tenían una dureza inesperada–. No nos hemos visto desde hace años. No estábamos muy unidos –lanzó una mirada a Jillian, una mirada llena de desprecio–. Los que estaban unidos eran Jill y Charles.

–Déjalo, Dax –amenazó fríamente Jillian–. Puedes odiarme lo que quieras, pero no aburras al resto del mundo.

Un silencio incómodo siguió a sus palabras. Entonces Dax tomó aire, y volvió a mirar a Marina, con los rasgos dulcificados de nuevo:

–Siento que no me recuerdes. Lo pasamos muy bien juntos siendo niños.

–Yo también lo siento –dijo Marina dulcemente y girándose, presentó a su esposo–. Este es Ben Bradford, mi marido. Ben, te presento a Dax Piersall, que al parecer es uno de mis amigos de la infancia.

Ben tendió la mano con energía, pero Jillian observó que no sonreía. Tampoco lo hacía Dax y de pronto la semejanza entre los dos hombres la sorprendió. Ambos eran altos, fuertes y morenos, aunque el cabello de Ben tenía ya las primeras canas en las sienes.

De ambos emanaba un aura de poder, una energía personal que les atraía inmediatamente la obediencia de los demás. Salvo que los demás se llamaran Jillian Kerr, por supuesto.

Ben dio un paso atrás, sin atender a Dax.

–Tienes que perdonarnos –dijo, dirigiéndose a Jillian–, pero tengo que llevar a Marina a casa. Necesita descansar.

Marina alzó los ojos al cielo.

–Descansar, dice. El bebé estará aullando cuando lleguemos a casa. Mucho descanso.

Ben la tomó de la mano, sonriendo.

–Te vemos luego, Jill.

–Me marcho –dijo ésta, saltando ante la oportunidad de desaparecer–. Voy con vosotros.

Pero Dax la tomó por la mano y le apretó los dedos como si quisiera romperlos en pedazos.

–No puedes marcharte ya –dijo–. Tenemos muchos recuerdos que compartir.

–Déjala marchar –Ben dio un paso hacia él, mirándolo con agresividad.

–No pasa nada, Ben –se apresuró a decir Jillian–. Es verdad que tenemos que aclarar cosas.

En realidad su corazón se había puesto a saltar ante su presencia y el roce de su piel la aturdía. Lo odiaba, pero seguía conmoviéndola físicamente.

Procurando no mostrarlo, intentó escapar de su mano, pero fue imposible. No quería que la tocara, y se lo había dicho. No iba a permitir que la intimidara. Tendría que demostrarle que era capaz de devolver cualquier golpe, pensó con maligna satisfacción.

Así que dio un paso hacia él y pegó su cuerpo al del hombre, poniéndole una mano coqueta en el pecho. Aunque se había preparado para el contacto, tuvo que cerrar los ojos un instante por el impacto que supuso sentir su cuerpo.

También Dax guiñó los ojos. Luego los abrió y dejó de aferrar su brazo. Deslizó la mano por su espalda en un gesto familiar y la puso en su cintura, sosteniéndola firmemente contra él. La descarga eléctrica que sintió Jillian estuvo a punto de vaciar del todo su cerebro.

Pero se concentró en no perder de vista su objetivo, ignorando las explosiones de excitación de su interior.

–Entre otras cosas tenemos que hablar de las industrias Piersall, ahora que somos los socios mayoritarios. Pero vosotros marchaos.

No apartó la vista de Dax mientras hablaba y aunque éste disimuló, no pudo evitar una mirada de sorpresa cuando mencionó el negocio. Así que no sabía que Charles le había dejado todas sus acciones. Pero ella misma se había enterado sólo unas horas antes.

Percibió el titubeo de su hermana, el recelo de Ben. Conocía el carácter explosivo de Ben y su sentido protector. Si no se lo quitaba de encima, los dos hombres estarían pegándose en pocos minutos. Así que mantuvo su sonrisa fija hasta que la pareja se decidió a marcharse.

En cuanto se dieron la vuelta, se apartó de Dax y para su sorpresa, éste no la retuvo. Tanto mejor. Todo su cuerpo vibraba de tensión erótica y apenas podía pensar.

–No metas a mi hermana en esto –exclamó con fiereza cuando nadie pudo oírlos.

–Es verdad que no me recuerda, ¿no?

–No recuerda nada de lo de antes del accidente –dijo Jillian–. Una chica con suerte. Me cambiaría por ella ahora mismo –antes de que él hablara, prosiguió–. Tendrías que haberme avisado de tu llegada, Dax. Hubiera organizado una fiesta e invitado a todos los inútiles de la ciudad.

–Has cambiado –dijo Dax lentamente–. La vieja Jillian era un encanto de chica, no una mujer llena de ira.

Jillian odiaba cómo la estaba mirando, como si fuera una de las propiedades de su familia, un raro objeto.

–Claro que he cambiado –dijo seca, impersonalmente. Antes moriría que reconocer el daño que le había hecho su comentario–. Soy una mujer adulta con un negocio propio y una vida propia.

11

—El rincón de los niños.

La sorpresa y el temor a nuevos problemas la hicieron mirarlo con intensidad:

—¿Cómo lo sabes? Creí que acababas de llegar a la ciudad.

Dax sonrió y su mirada de odio la hizo retroceder un paso.

—Me las arreglé para saber de ti y de mis negocios por aquí, preciosa.

—No lo sabes todo, puesto que no sabías lo de mis acciones.

—¡Jill! —se volvió ante la voz masculina que la llamaba, haciendo un esfuerzo por sonreír.

—¿Cómo estás, cielo? —Roger Wingerd se acercó y la abrazó antes de apartarse—. Voy a echar de menos a Charles. El Club no será nada sin él.

Jillian asintió, con un nudo en la garganta ante la imagen de Charles en la cena anual que hacían para recaudar fondos.

—Ya lo sé.

A su lado, Dax se movió con inquietud y alargó la mano.

—Dax Piersall.

Los ojos de Roger mostraron su sorpresa mientras le daba la mano.

—Roger Wingerd.

—Roger es el director de finanzas de la empresa —explicó Jillian—. Él y Charles han trabajado juntos los últimos siete años. Roger lo conocía mejor que nadie, exceptuando a Alma —«mejor que tú», era el mensaje mudo.

Roger pareció no captar la tensión en el aire.

—Siento mucho su muerte. Para mí, Charles era el mejor.

—Desde luego —masculló Dax.

Jillian ignoró su violencia y mantuvo los ojos fijos en Roger.

—¿Mantenemos lo del jueves por la noche?

Roger asintió.

–Me gustaría mucho, pero entiendo que no tengas ganas de nada.

–Ya estaré mejor para entonces –le aseguró Jillian, encantada de mostrarle a Dax su vida social–. Puedes recogerme a eso de las...

–No está libre el jueves por la noche. Ni ninguna otra noche.

La voz había sonado con completa claridad, y la dejó un instante muda de asombro.

Se giró a mirarlo, pálida.

–No tienes ningún derecho a interferir en mi vida.

Pero Dax no la miraba, sino que dirigía a Roger un mensaje primitivo por encima de su cabeza, un mensaje que el otro captó con precisión.

–Puedes contárselo a quien te parezca: Jillian está fuera de circulación mientras yo esté en la ciudad.

Roger le dedicó una mirada interrogativa y Jillian movió la cabeza enfáticamente.

–Tiene una alucinación. Para variar. Ya te llamaré –dedicó una mirada homicida a Dax–... en cuanto explique un par de cosas al hombre de las cavernas.

Roger optó por una retirada a tiempo y Jillian se volvió de nuevo hacia Dax.

–No vuelvas a hacer eso. Por lo que a mí se refiere, nunca hemos sido novios. Sólo me faltaba que te dediques a intimidar a mi familia o a mis amigos.

Dax se encogió de hombros, con el rostro inexcrutable.

–Ha sido divertido.

–Sal de mi vida –exclamó Jillian con furia–. Ya lo hiciste una vez. No creo que te cueste mucho volver a huir de la ciudad.

Esta vez Dax apretó los dientes, pero no respondió, sino que miró su reloj, como si tuviera que hacer un esfuerzo para no pegarle. Luego alzó los ojos.

–Voy a estar en tu vida una temporada, preciosa. Así que será mejor que te acostumbres.

Cuatro horas más tarde, todos los amigos de Charles y Alma habían abandonado la recepción en su honor. Jillian había hablado de los difuntos, reconfortado a los amigos, gastado cajas de pañuelos de papel.

Había tenido cinco ofertas para emborracharse, un par de amigos se habían propuesto para pasar la noche en su casa y otro, que no conocía de nada, insistió en llevarla a cenar. Lo único que la tentaba era la borrachera.

Cuando dejó la iglesia y la sala de recepciones, condujo los cinco kilometros que la separaban de su casa. Por fortuna estaba agotada. Cada célula de su cuerpo se sentía machacada y tuvo que hacer un esfuerzo inmenso para empujar la puerta de su coche y salir. En contraste con el cuerpo dolido, su mente estaba vacía. Como si la hubieran envuelto en una espesa capa de algodón que amortiguaba todo estímulo de la realidad.

Si había tal cosa. La realidad se había tomado unas vacaciones el día en que recibió la histérica llamada de su casera que había recibido una llamada de la policía. No había nadie para identificar a Charles y Alma y ella había acudido a la morgue.

Habían muerto al instante cuando un conductor borracho se lanzó sobre su automóvil. Nada en su vida era comparable al horror de tener que reconocer los restos de dos personas amadas. Comparado con eso, ser abandonada por el hombre con el que iba a casarse parecía una broma.

Mientras buscaba sus llaves, sus pies descalzos chocaron con el primer escalón de su porche y lanzó una maldición. Lo único que quería era estar dentro cuanto antes y dormir dos días...

–¿Quién...? –exclamó, asustada, al ver la sombra

que surgía de su mecedora, pero no terminó la frase, pues había reconocido la alta figura–. Maldita sea, Dax, qué susto me has dado.

–Perdona –parecía divertido por su susto.

–Lárgate –añadió Jillian mientras metía la llave en la cerradura y la giraba–. Estoy cansada y no te he invitado.

–Me he invitado yo. Tenemos que hablar de muchas cosas –dio un paso hacia ella y vio que sus ojos brillaban en la noche–. Cena conmigo mañana por la noche.

–Ni soñando –Jillian intentó ocultar el temblor de su voz. Ojalá no estuviera tan cerca–. Tengo planes para mañana por la noche y me temo que mi agenda está completa hasta el dos mil treinta. No tengo tiempo para ti.

Empujó la puerta, dándole la espalda.

–El contrato de alquiler de tu tienda termina el mes próximo.

Las palabras tranquilas, pronunciadas con confianza, la hicieron detenerse en seco.

–Has hecho los deberes.

–Ya sabes que «Sugar» y el pub de la esquina terminan también en noviembre.

–¿Y a mí qué me importa? –preguntó, sabiendo dónde quería llegar.

–Sabrás también que estás hablando con el propietario del centro comercial –dijo Dax con la misma calma–. Y que puedo renovar o no los contratos según me parezca.

Aquello era demasiado, después del horrendo día que había pasado. Lentamente, se dejó caer en la mecedora, permitiendo que el sentido de su amenaza penetrara en ella. Él era el propietario del edificio y podía negarse a renovar los alquileres.

–¿Por qué? –dijo en voz baja, evitando manifestar el dolor que sentía–. ¿Por qué me harías eso? No te parece suficiente...

–¿Suficiente? –las palabras de Dax eran una explosión de ira que la hizo estremecerse–. ¿Y lo que me hiciste tú? ¿Cómo crees que me sentí al descubrir que mi prometida y mi único hermano estaban liados a mis espaldas? ¿Cómo crees que me sentí, encontrándoos en la misma cama en la que yo había estado horas antes? –se inclinó hacia ella, poniendo las manos a los lados de su cabeza–. Fue una suerte para mí llegar pronto ese día a casa, y una desgracia para ti. Al menos descubrí la clase de mujerzuela que eras antes de ponerte un anillo en el dedo.

El silencio que siguió a su explosión de odio hizo crepitar la noche. Sus rostros estaban muy cerca, las expresiones hostiles.

Con un sonido de desagrado, Dax se apartó de ella y se dio la vuelta, apoyando la mano en la pared de ladrillo.

Y a pesar de la rabia y de la furia, una parte de Jillian deseó ir hasta él, acariciarle la espalda y consolarlo de todo su odio.

Tenía que hacerse ver por un psiquiatra.

Buscó el tono más despectivo para decir:

–A ver si lo entiendo: ¿o ceno contigo mañana o puedes cerrar mis negocios y los de otra gente inocente?

La espalda de Dax se puso rígida.

–Si me obligas a ello –se dio la vuelta, pero no pudo ver su expresión–. Hablé con el abogado después del funeral y me dijo que Charles te dejó su parte –y añadió con amargura–. ¿En pago a tus servicios?

Jillian tomó aire, controló su ira y contó hasta diez antes de contestar.

–No tengo la menor idea de por qué Charles me dejó a mí el dinero. Hubiera sido para Alma si ella hubiera vivido –su voz tembló cuando la imagen de la dulce, práctica y menuda Alma se formó en su mente.

Hubo un silencio tenso. Prácticamente podía sentir el odio que emanaba de él, en oleadas calientes.

–Puesto que eres accionista, tendrás que saber que las Industrias Piersall pasan un mal momento –dijo al fin.

–¿Qué quiere decir un mal momento? –sentía temor, como si olfateara una nueva trampa.

–Un mal momento –repitió Dax y al salir de la parte más sombría, mostró sus ojos llenos de gravedad mortal–. Tus acciones no valen nada si no se hace algo para sacar a la compañía del marasmo.

–¿Algo como qué? –no le importaban las acciones ni los beneficios. Se las había arreglado para vivir bien sin ayuda de nadie. Pero como mujer de negocios, la idea del cierre y la bancarrota, con su cortejo de despidos, la horrorizaba. Y además, era lo último que le quedaba de Charles.

Sin responder a su pregunta, Dax dijo:

–Mañana. Paso a buscarte a las siete. Ropa informal –luego empujó la puerta y sacando la llave que seguía en la cerradura, se la tiró al regazo–. Vete a la cama. Tienes una cara horrible.

No pudo evitar replicar a aquel hombre de orgullo insultante, aunque apenas le quedaban fuerzas:

–Tengo una cara horrible del disgusto de estar de nuevo en la misma ciudad que tú.

Seguía sentada en la mecedora cuando Dax se dio la vuelta y se perdió en las sombras.

Capítulo Dos

Puede hacer de ti un pelele, como siempre, pensó Dax. Apoyó la cabeza en el respaldo del asiento del coche y esperó, alargando el momento de llamar a su puerta y contemplar de nuevo el azul helado de los ojos de Jillian.

Creía estar preparado para volver a verla. Hasta que la vio realmente. Aún no podía creerse que controlara el veintitrés por ciento de su empresa.

Desde el primer momento en que recibió el breve y sentido telegrama que le anunciaba la muerte de Charles, comenzó a imaginar el reencuentro. Su primera impresión había sido una sorpresa temerosa al ver el nombre de Jillian en el encabezamiento. Se las había arreglado para enterrar el pasado y a todos los que estaban unidos a él.

Especialmente Jillian. ¡Cómo la había odiado! Le había costado años dejar de pensar en ella cada minuto, años, y con un maldito papel había vuelto a su mente como si nunca hubiera salido de ella. Había encargado una breve investigación sobre Jillian y al encontrarse con el detective en el aeropuerto y enterarse de cómo había pasado los últimos siete años, comprendió que esta vez no saldría de su vida sin arrancarle unas cuantas respuestas. Si lograba comprender por qué aceptó casarse con él cuando obviamente quería a Charles, quizás pudiera al fin olvidarla.

Un par de llamadas más lo pusieron en la posición que deseaba tener y fue al funeral sintiéndose bastante fuerte. Mientras avanzaba hacia ella entre la gente, sabía que podía hacerla pedazos, del mismo modo en que ella había hecho pedazos su corazón una vez.

Pero no había previsto la emoción de su cuerpo cuando se sentó junto a ella en el servicio religioso. No la había mirado directamente a la cara, pero la forma en que sus largas piernas enfundadas en medias negras y los hermosos pies reposaban sobre la hierba lo habían dejado sin aliento. Los recuerdos habían engullido su razón, de una vez. Había vuelto a ver su largo cuerpo desnudo debajo de él, había escuchado sus dulces gemidos cuando la acariciaba.

Había necesitado toda la ceremonia para poner sus sentidos en orden y controlar la rebelión de sus manos que se morían por tocarla. Y cuando al fin se habían levantado y la había mirado a la cara, le había golpeado con su apariencia juvenil y su hermosura. Aquella mujer tenía treinta y dos años, pero parecía fresca como una flor de primavera.

Parecía no haber reparado en su presencia. Dax había percibido su dolor y su lucha por mantener el control. Pero aquello sólo sirvió para llenarlo de rabia. Pues le hizo sentir que había seguido queriendo a Charles todos aquellos años.

La tristeza cambió el rumbo de sus pensamientos. Siempre asumió que tendría tiempo de hablar con su hermano. No iba a perdonar a Jillian, pero Charles era otra cosa.

Pues Dax sabía mejor que nadie lo irresistible que era aquella mujer. Siendo un joven, se había sentido profundamente celoso de la amistad de su hermano con Jillian, de su complicidad. Aquellos dos siempre estaban juntos, se tocaban con familiaridad, riendo, se contaban lo que no contaban a nadie. Dax siempre se había sentido excluido de aquella relación, aun creyendo que Jillian le pertenecía.

Ojalá hubiera llamado a Charles en los últimos años. Ni siquiera había regresado a casa para el funeral de su madre, cuatro años atrás, algo que no podía perdonarse. Pero había pensado en llamar a su hermano cientos de veces. Y ahora era tarde, y todo estaba perdido.

Charles... su hermanito pequeño. Muerto. Dax repitió en su cerebro la imagen de Jillian depositando una rosa sobre su ataud. Un dolor inmenso lo invadió y se dio cuenta de cuánto había echado de menos a Charles.

Ojalá hubiera llegado a conocer a la esposa de su hermano. Hubiera aplaudido a cualquier mujer capaz de arrancar a Charles de las afiladas uñas de Jillian.

Logró salir del entumecimiento y cerró la puerta del coche, dirigiéndose a la puerta. Jillian le abrió al instante, como si hubiera estado espiando, ansiosa. Bien. Ojalá la hubiera hecho esperar meses.

Pero la sorpresa volvió a paralizarlo al contemplar el rostro angélico, cuya belleza de porcelana bebió sólo un segundo, antes de apartar la mirada. Vestía con pantalones y una chaqueta elegante, un atuendo maduro y no especialmente sexy, impropio de Jillian. Claro que la joven había cambiado durante aquellos años.

Recordó el traje de chaqueta negro que llevaba en el funeral, hecho para mostrar las curvas, ajustarse al pequeño trasero y poner en evidencia las largas, delgadas piernas. La había observado desde su coche mientras la acompañaban dos hombres exageradamente atentos y había tenido que soportar el golpe en su estómago al ver cómo se colgaba del brazo de uno de ellos para recorrer el cementerio.

Pero lo peor había sido cuando la mujer había tenido la idea de pegarse a él y abrazarlo, como si fueran dos íntimos que se ven a diario. Sabía que lo había hecho para evitar que su hermana se preocupara, pero el efecto había sido desconcertarlo y llenarlo de un ansia insensata de acariciarla y fundirse con ella.

Sospechó que su repentino cambio a un atuendo convencional era una estrategia ideada en su beneficio. Probablemente lo había comprado ese mismo día.

La idea le hizo sonreír mientras daba un paso adelante, pero Jillian le cerró el paso.

—Estoy lista.

Así iba a ser. Nada de amabilidad ni de conversación mundana. El impulso perverso y obstinado que despertaba en él tomó el mando y dijo, sin moverse:

—Invítame a entrar.

—No. Me pediste que cenáramos juntos. Vámonos.

—Venga, preciosa.

Empleó el término deliberadamente y no se le escapó el pestañeo de la mujer, apenas perceptible, salvo para su atenta observación. La expresión que él usaba antes con cariño era ahora recibida con un temblor de gato asustado.

—Me parece natural querer ver cómo vive mi antigua novia —le puso las manos en la cintura y la apartó, entrando en la casa y simulando interés por el mobiliario, cuando su cuerpo le estaba jugando de nuevo malas pasadas. Tuvo que tomar aire para reducir el efecto de Jillian sobre sus entrañas y otras partes más expresivas de su cuerpo.

Aquello lo sacó de quicio. Había conocido docenas de mujeres hermosas en su vida. Y ni una de ellas podía despertar la mitad del deseo que lo embargaba cuando tenía a Jillian cerca.

—Preferiría que termináramos pronto. Tengo trabajo mañana.

—En tu tienda —lánguidamente, Dax recorrió la pequeña y limpia cocina que parecía no utilizar mucho. El único toque personal eran un par de fotos de niños —probablemente los hijos de Marina—, sujetos con imanes a la nevera. El resto parecía colocado por un diseñador, y hasta lo sorprendió comprobar que las lustrosas manzanas que reposaban en un cuenco de cerámica eran reales.

Pasó al comedor, de estilo moderno, dominado por un cuadro enorme.

—¿Qué es?

Jillian lo había seguido, con desgana, claramente molesta por su invasión.

—Es un cuadro —dijo con una leve sonrisa divertida.

Dax le lanzó una mirada de soslayo.

Jillian alzó las palmas y se encogió de hombros.

—No sé qué representa. Algunos días parece un tigre con calcetines verdes y otros un jardín con frutas amarillas. Es un regalo de un artista y no quise herir sus sentimientos.

—¿Un artista? —se reprochó la insistencia en el artículo, pero era tarde.

—Sí, un artista. Un artista hombre, macho, como quieras decirlo. Aunque te cueste creerlo, Dax, he tenido una vida propia desde que te marchaste, y unas cuantas relaciones.

Dax ignoró el sarcasmo y se dirigió al siguiente cuarto, un salón con asientos en torno a una chimenea y un enorme piano abierto. Recordó que a Jillian le gustaba tocar el piano.

¿Con quién compartiría ahora el sofá para dos frente al fuego? Sabía que el pensamiento era irracional, pero seguía sin soportar la idea de Jillian con otro hombre.

Un grupo de fotografías sobre un aparador captó su atención y se dirigió hacia ellas. La familia de su hermana, se dijo sonriendo. Allí estaba una niñita morena en brazos de Ben y una muy embarazada Marina resplandeciente de felicidad. La nostalgia lo llenó un instante ante la escena de intimidad y miró la segunda foto, en la que Marina se apretaba contra un hombre grande y rubio.

Antes de que pudiera preguntar, Jillian dijo:

—Su primer marido. Se mató en el accidente.

Hubo una nota tan triste en su voz que deseó

abrazarla y consolarla, pero resistió un impulso tan idiota.

Las siguientes fotos eran igualmente interesantes y formaban una secuencia.

En la primera, tomada junto a una piscina en un día soleado, un tipo enorme, vestido sólo con bañador y enseñando los músculos, estaba tumbado en el suelo, a los pies de Jillian. Otro hombre igualmente forzudo la tomaba por la cintura con aire de posesión. Jillian por su parte llevaba el bikini más minúsculo que había visto en su vida y que alteró al instante su presión arterial.

En la segunda fotografía, el monstruo aquel de los músculos la había tomado entre sus brazos y la mantenía en el aire, junto a la piscina. Sonreía como un salvaje y Jillian parecía defenderse en broma y gritar. La tercera culminaba la escena con la caída de ambos al agua azulada de la piscina.

Jillian estaba a su lado. Tomó el marco de sus manos y pasó un delicado dedo por el cristal, suspirando exageradamente.

–¿Alguien especial? –no pudo evitar preguntarlo, aunque sabía que lo estaba provocando.

–Dos hombres muy especiales –sonrió cariñosamente a la foto–. Aparte de mi cuñado, Jack y Ronan son los dos hombres que más quiero en el mundo. Incluso cuando conspiran para tirarme a la piscina.

Dax se apartó un poco para evitar estrangularla.

–Nunca te bastó con uno solo –habló sin intención y sólo al mirarla comprendió que había desenterrado un fantasma.

Y en la repentina complicidad, basada en el odio mutuo que los unió, Dax vio que se comprendían. Cuando hacían el amor, Jillian nunca se conformaba con una vez. Su atracción era primitiva y sus energías juveniles, y le bastaba mirarla para recordar su risa ahogada y su forma de moverse, y la manera de lograr satisfacción dos veces casi seguidas entre sus brazos.

Miró sus labios. Estaban ligeramente separados, mostrando sus dientes perfectos, por cortesía de un aparato que aún recordaba.

Le costaba respirar. Podía sentir la excitación de Jillian y su erección, que había intentado controlar desde el primer momento, era ya notoria. Alargó la mano y con desesperación, tomó las suyas y las apretó contra su pecho.

Jillian jadeó, mirándolo con ojos de gacela asustada.

Y entonces, una oleada de rabia, tan densa y viva que lo dejó rígido, dolorido, cegado de furia, la misma rabia que había sentido al descubrir que su prometida estaba en la cama con su hermano, lo invadió y sacudió hasta vaciarlo.

–¿A cuántos hombres han tocado estas manos? –exclamó y las soltó con asco.

Por un instante, le pareció que era angustia lo que reflejaba el rostro de Jillian. Pero toda desesperación se borró al instante, y la mujer sonrió triunfalmente:

–A docenas. Y todos ellos me han dicho que era lo mejor que habían conocido.

Podría matarla. Realmente podría hacerlo.

Su pensamiento debió hacerse obvio, pues Jillian dio un paso atrás, pero no se calló.

–Lo has pedido, Dax –hizo una pausa y por un instante su rostro hermoso pareció tan triste que Dax estuvo a punto de caer de rodillas–. Si te dijera la verdad, pensarías que miento, así que, ¿qué importa?

–No te creo capaz de decir la verdad –se burló amargamente Dax.

Y para preservarse de un nuevo dolor, se concentró en la última fotografía. Se quedó boquiabierto. Era un primer plano de Jillian. Estaba acunando a un bebé que apenas tenía una pelusa rubia en su cabeza tierna. Tenía el rostro muy cerca de la carita del niño y lo miraba con tanta ternura que su expresión se hundió en su corazón como un cuchillo afilado. ¿Era suyo? ¿De quién era? «Hubiera podido ser hijo mío», se dijo, con angustia.

Pero no lo había amado lo suficiente.

Como siguiendo sus pensamientos, Jillian dijo con calma:

—Es el primer hijo de mi amiga Deirdre. Está mucho mayor, pero era una preciosidad de bebé.

La tensión de sus hombros cedió, y con un gesto de desprecio hacia lo que pudo ser y no fue, abandonó su inspección y fue hacia la puerta.

Mientras subían la colina que llevaba a la casa de Charles y Alma, ¿o era ya de Dax?, Jillian procuró hacerse fuerte. Había estado allí el día en que murieron, cuando se había encargado de elegir la ropa que debía llevar la pareja en su último adiós. Sólo pedía a Dios que le evitara el dolor de tener que elegir de nuevo el atuendo definitivo de dos personas amadas.

—¿Por qué paramos aquí?

Dax le dedicó una mirada inexpresiva y paró el motor.

—Cenamos aquí.

Jillian lo miró con horror.

—Espero que estés bromeando.

—¿Parece que estoy bromeando? —fue la sorprendida respuesta de Dax.

No podía cenar allí. Era imposible.

—Dax... las dos últimas veces que he venido a esta casa no han sido precisamente fáciles. Si lo hubiera sabido nunca hubiera aceptado cenar contigo aquí.

Dax salió del coche y dio la vuelta para abrirle la portezuela.

—Sal —ordenó con sequedad.

Estaba empeñado en destruir su vida, pensó Jillian con rencor. Debía callarse sus emociones o las utilizaría contra ella.

–Sal o te hago salir –amenazó Dax.

Lentamente, sacó las piernas del coche y se irguió, ignorando su mano extendida, dirigiéndose a las escaleras de la entrada.

Dax se adelantó a abrir la puerta, pero con la mano en el picaporte, dudó un instante.

Jillian apartó los ojos, negándose a ofrecer el espectáculo de su dolor, y tras unos segundos, Dax abrió la puerta. Entró en el vestíbulo y al momento, la señora Bowley, el ama de llaves y cocinera que había estado con ellos desde la infancia, salió de la cocina, secándose las manos en el delantal.

–¡Jillian! –la mujer la rodeó con su cálido abrazo, oloroso a canela, que la catapultó al pasado. Es curioso cómo ciertos olores despiertan los recuerdos. El aroma de la señora Bowley le devolvió la calma y la confianza que había sentido siempre de niña. Cuando la mujer se retiró, sus ojos de un azul claro, estaban llenos de lágrimas–. ¿Cómo estás, hija?

–Estoy bien –tomó las manos temblorosas de la mujer–. Estaba preocupada por ti. ¿Cómo te encuentras?

La mujer sonrió a duras penas.

–Ha sido duro. Sigo esperando que aparezca la señora Alma o que Charles suba corriendo las escaleras.

–Ya lo sé –Jillian le rodeó los hombros con un brazo–. Yo tampoco puedo creerlo.

–Por lo menos tengo a Dax. Y claro, también...

–Señora Bowley –la voz de Dax era amable, pero firme–... ¿Le importaría que pasáramos al comedor?

–Claro, cariño –dijo ella, y con una última amorosa sonrisa dedicada a Jillian, volvió a la cocina.

Dax cruzó el vestíbulo y abrió la puerta del despacho de Charles. Que ahora era suyo. Lo miró con sorpresa hasta que entendió que quería que entraran en el despacho, en lugar de verse en el salón. Resultaba desconcertante pensar que aquella casa era ahora de Dax.

–¿Quieres una copa? –preguntó éste cuando estuvieron dentro.

–Un jerez –pidió Jillian y al verlo desaparecer, suspiró y fue hacia los ventanales, corriendo las pesadas cortinas, dejando que entrara la última luz de la tarde.

Le dolía la nuca por la tensión y pensó que si Dax se quedaba en la ciudad, tendría que contratar a un masajista fijo.

Dax regresó con su copa y otra para él y se la tendió, mientras la señora Bowley entraba y dejaba una bandeja en la mesa, desapareciendo al instante.

Dax encendió la lámpara de la mesa y dijo:

–Ven a sentarte. Quiero que hablemos de una serie de cosas.

Jillian frunció el ceño y tomó asiento en una butaca, procurando no fijarse en las musculosas piernas de Dax cuando éste se apoyó en la mesa de despacho. Sintió la misma rabia que había sentido cuando la había mirado con desprecio en su propia casa, un rato antes.

¿Por qué no lo había abofeteado? Era como si perdiera toda fuerza de voluntad, todo pensamiento independiente cuando la miraba con sus ojos llenos de odio. Aquellos ojos, un segundo antes, le habían dicho que recordaba lo increíble y poderoso que había sido el sexo entre ellos. Y Jillian había sentido que sus entrañas se derretían de deseo por un hombre que la despreciaba.

Y ella también lo despreciaba.

Pero le dolía pensar que ella no se había apartado. Él había sido el primero en romper la magia del instante y el viejo dolor le atenazó la garganta. ¿Por qué siempre pensaba lo peor de ella? Seguía condenándola como siete años atrás. Era como si necesitara considerarla una mujer sin moral para sobrevivir.

–¿Qué sabes de las industrias Piersall? –la brusca pregunta la sacó de sus pensamientos.

–Aparte del hecho de que es el negocio de la familia y que hace vigas de acero para la construcción, no sé gran cosa –reconoció–. Si crees que poseo secretos de familia, te equivocas –no pudo dejar de añadir–. Charles y yo nunca hablamos mucho de negocios cuando estábamos juntos.

–No seas pueril –replicó Dax–. No tienes que probarme nada. Conozco de sobra tu amor por mi hermano. Sólo quería saber si puedes explicarme cómo se las arregló Charles para meter a esta empresa en un agujero negro.

Jillian estaba tan enfadada con él que tardó en comprender el sentido de sus palabras.

–¿Cómo? Has debido malinterpretar algo. La compañía va muy bien. Charles siempre estaba dando dinero a diversas obras sociales y era muy generoso con los sueldos y...

–¿No me digas? –Dax sonrió con rencor–. Creo que se pasó de magnánimo. Aunque aún no estoy seguro. Es el peor contable que he visto en mi vida.

–Él odiaba la parte burocrática del trabajo –admitió Jillian–. A Charles le gustaban las personas, ¿recuerdas? Pero tenía buenos empleados para las finanzas. ¿Has hablado de esto con Roger Wingerd?

–No he tenido ocasión. Primero quería familiarizarme con las cuentas antes de empezar a hacer preguntas –se pasó la mano por la nuca y luego tendió un grueso informe a Jillian–. No creo que lo entiendas, pero deberías echarle un vistazo. Es una copia del informe trimestral. Y no es nada bueno.

–Yo estudié contabilidad, ¿recuerdas? –le informó secamente Jillian abriendo el informe con cierto temor–. Aunque hace tiempo que no practico.

–¿Hace tiempo?

Jillian alzó la vista y le dedicó una sonrisa irónica.

–Trabajé para una gran consultora durante cinco años antes de que Marina y yo decidiéramos abrir la tienda.

Dax alzó la ceja.

–Estoy impresionado –pero su tono era burlón.

Negándose a responder a la provocación, Jillian contestó:

–Gracias.

Se concentró un rato en los papeles y después le tendió el informe.

–Tendría que mirarlo con más calma, pero da la impresión de que la empresa tiene serios problemas.

–¿Problemas? –Dax habló con dureza–. Si no se hace algo, estará en bancarrota para finales de año.

Jillian estaba preocupada y durante unos instantes, se limitó a mirarlo.

–Dios mío, Dax, ¿te das cuenta de la cantidad de gente que quedaría sin trabajo?

Dax giró ágilmente y tomó otro folio de la mesa.

–Unos cuatrocientos, más o menos.

–No sabía que era tan grave –susurró Jillian.

–Aparentemente, Charles tampoco –por una vez, Dax parecía haber olvidado el tono de violencia–. Esperaba que tú pudieras echar alguna luz sobre esto.

Jillian dijo que no y de pronto comprendió algo.

–Eres un canalla –se terminó el vaso de jerez y lo dejó bruscamente sobre la mesa–. No has visto mi nombre entre los empleados y querías saber si yo ayudé a Charles a sacar dinero de la empresa o algo así. ¡Cretino!

Se levantó, furiosa, y fue hacia la puerta, pero había olvidado lo ágil que era Dax. La tomó por el codo, y había risa en sus ojos.

–Me has pillado, ¿qué puedo decir? –se apartó de un salto cuando Jillian lanzó el codo contra sus costillas–. Calma, preciosa. No te he acusado de nada.

–Pues me ha parecido.

–Venga, relájate –añadió, sin acercarse–. No creo que tengas nada que ver con los problemas de la empresa.

–Qué generoso –replicó Jillian amargamente–.

Me perdonarás por no esperar de ti una opinión tan magnánima.

–Pero necesito que me ayudes a resolverlos –prosiguió sin prestarle atención–. Ha habido unos movimientos en las acciones desde la muerte de Charles. Algo normal, sin duda. Por otra parte, he estado leyendo las actas de las últimas juntas de accionistas y no me gusta la dirección que han tomado.

–Y por supuesto tienes la solución –interrumpió Jillian, volviendo a sentarse.

–Pues sí –tomó su copa y dio un trago, mirándola fijamente antes de seguir–. Pero los accionistas importantes no van a hacerme caso a menos que tenga la mayoría.

La comprensión empezó a nacer en la mente de Jillian.

–¿Cuántas acciones tienes, Dax?

–La familia reúne el cincuenta y uno por ciento –dijo con calma.

–De manera que –Jillian cruzó las piernas con deliberada lentitud–... Sin mis votos, no puedes controlar las decisiones de la junta.

La boca de Dax era una linea blanca.

–No, no puedo.

Jillian alzó una ceja burlona mientras se divertía descruzando de nuevo las piernas.

–Oh, qué interesante.

–Yo no lo llamaría interesante –estalló Dax–. ¡Dios! Podría matarte. Y podría matar a Charles por permitir este jaleo si no estuviera muerto.

De pronto, Jillian dejó de disfrutar de su minuto de poder. En lugar de satisfacción, la llenó una tristeza amarga, depresiva. Había luchado tanto para tener una vida propia cuando Dax la abandonó, y de pronto le parecía que no habían pasado más que horas desde su partida.

Le hubiera pedido que la llevara a su casa, pero sabía que no le serviría de nada. Así que lo siguió al comedor sin un gesto de protesta, vacía. Había tres platos en la mesa, y a pesar de su enfado, el detalle la enterneció. Sabía que Alma y Charles casi siempre cenaban en la cocina con la señora Bowley y le pareció un gesto sensible que Dax no la hubiera olvidado.

Fue hasta el fondo de la habitación y abrió los ventanales que daban al jardín, respirando el aire fresco. No quería estar tan cerca de Dax, pues aunque deseaba golpearlo, también deseaba abrazarlo y sentir sus manos mágicas sobre su piel.

Miró el césped cortado y la piscina iluminada por las lámparas. Aquella piscina le traía cientos de recuerdos... la alegría sin sombra de los juegos infantiles, la espera dolorosa de la adolescencia, deseando que Dax se fijara en su nuevo traje de baño, los besos y abrazos de su juventud ardiente.

¿Cuándo terminaría aquella tortura?, pensó con desesperación. No habían empezado a cenar y se sentía ya con los nervios deshechos. Giró sobre sus talones para dejar de mirar la piscina y apartar de su mente el angustioso regreso del pasado. Dax estaba detrás de ella.

Chocó con él con una exclamación ahogada mientras Dax la tomaba por los brazos para que no perdiera el equilibrio. Cuando intentó apartarse, la atrajo contra su cuerpo. Un cuerpo dolorosamente familiar y a la vez extraño. Gimió sordamente de desesperación y placer al sentir cómo se ajustaban sus formas y el calor prendía entre ellos.

Aquello era lo que los había unido. Desde la primera vez en que la había tomado en brazos para bailar en su diecisiete cumpleaños, había sido perfecto. Aún podía recordar la mirada impotente, tierna, desesperada de sus ojos al abrazarla, la respuesta inequívoca de su cuerpo, la sensación de triunfo que había sentido cuando Dax la había besado, sobre la pista, como en un sueño.

–Eres demasiado joven –le había dicho, controlándose, y a pesar de las protestas de Jillian se había alejado galantemente de ella, se había marchado a Europa a estudiar.

No le había pedido que salieran juntos hasta que él cumplió veinticuatro años.

Recordaba perfectamente que Dax había ido a verla el mismo día que regresó de Europa y desde ese momento habían salido juntos. Habían pasado dos meses antes de que hicieran el amor por vez primera. Dos meses largos en que su virginidad había sido puesta a prueba, defendida por el autocontrol de Dax. Ella nunca se había controlado con él. Lo terrible era que seguía igual.

Hubiera podido quedarse allí para siempre. Apenas podía resistirse al deseo de su cuerpo de restregarse contra él. La dignidad no tenía nada que hacer frente a su elemental atracción. Carne de su carne. Era su mitad perdida, la respuesta a la ecuación de su vida.

Sobre su cabeza, Dax dijo algo y Jillian alzó los ojos.

–¿Qué?

–He dicho «maldita sea» –acarició vagamente la piel de sus brazos que aún sostenía y la miró a los ojos–. Mi vida sería más fácil sin esto.

Al hablar su boca adquiría una forma fascinante. Jillian entendía perfectamente sus palabras.

–Más fácil –suspiró–. Entre todos los hombres de este mundo, ¿por qué tú precisamente?

–Porque estás hecha para mí –su voz era grave y segura. Después bajó la cabeza hacia ella y Jillian la alzó, incapaz de mostrar resistencia.

Sus labios se encontraron. Sus cuerpos temblaron con el mismo arrebato ante el contacto. En un segundo, Jillian olvidó cada dolorosa lección que había aprendido de aquel hombre. Le echó los brazos al cuello mientras él la estrechaba, tomándola por la cintura. Jillian se hundió en él, rendida, una rendición que Dax reconoció y aceptó sin una palabra. No era posible que sus cuerpos estuvieran más cerca. Las manos de Jillian se hundían con rabia en su cabello mientras su lengua la exploraba ávidamente.

Jillian se sentía como un brizna de hierba movida por un viento huracanado; una mota de arena alzándose frente a una avalancha. Cuando Dax apartó la boca de la suya y la besó en la garganta, se echó hacia atrás, cerrando los ojos, incapaz de rechazarlo.

–¿Recuerdas la primera vez?

Las palabras roncas surgían entre besos que iban recorriendo su cuello y su escote. Sus manos pasaron de la espalda a los senos que reclamaban su atención.

Jillian gimió.

–Junto a la piscina.

La risa ronca de Dax estalló junto a su sien. Metió las manos bajo su camisa y acarició la piel, haciéndola gemir de placer. Sus manos iban encendiendo su carne, dejando una huella ardiente mientras ascendían hacia su pecho.

–¿Papá?

Dax se estremeció y apartó sus manos, girando e interponiendo su cuerpo entre Jillian y los ventanales del comedor, de dónde provenía la voz infantil.

Jillian hubiera protestado por el repentino abandono, pero no podía hablar.

–Un segundo, Christine –le costaba hablar, y Jillian sintió cómo le dolía apartarse de ella. Ella empezó a temblar.

Pero la voz infantil surgió de nuevo:

–¿Con quién estás, papá?

Dax suspiró y dio un paso, mientras Jillian se estiraba la ropa con manos temblorosas. Lentamente, se dejó ver y miró a la que había hablado.

La sorpresa y el dolor la paralizaron, llenaron de hielo su columna antes llena de fuego y por instinto, se apoyó en el brazo del hombre, mareada, para inmediatamente retirar la mano, como rehuyendo todo contacto.

Entumecida por el shock, oyó una voz lejana que decía:

–Christine, esta es mi amiga Jillian.

La niña era rubia, con mechones largos y claros. Pero era imposible ignorar su parentesco. Tenía los ojos de Dax bajo idénticas cejas, unidas ahora en un gesto de recelo. Tenía también su tipo delgado y ágil, aunque pronto tendría un par de piernas femeninas que dejarían sin aliento a más de uno.

«¿Cómo es posible que duela tanto?» Creía haber superado su amor por Dax, y al olvidarlo había renunciado a fundar una familia, debiendo vivir con los restos del amor de un hombre que no había confiado lo sufiente en ella. Y de pronto se daba cuenta de que al negarse la posibilidad de otro amor, no había hecho sino castigarse a sí misma, creyendo castigar a Dax. Ella era la que había estado sola durante siete años, mientras que Dax no había perdido el tiempo.

Sintió que su pecho se llenaba de amargura y un sollozo estalló en su interior. Para contenerlo, tuvo que taparse la boca con la mano. Dax se dio la vuelta para tocarla.

Pero ella dio un paso atrás, como si se tratara de una serpiente venenosa y siguió retrocediendo hasta que el frío marmol de la varanda la detuvo. Dax la siguió y alzó las manos, como expresando que no iba a hacerle nada y Jillian lo miró, sintiendo una agonía tan aguda como había sentido el día en que, loco de furia, Dax la había acusado de traición y luego se había marchado para siempre.

Bajó la cabeza y cerró los ojos, sintiendo que todo el llanto que había retenido durante el funeral de Charles y Alma, durante los años de soledad y amargura, iba a estallar dentro de ella.

Pero tomó aire y sintió que un muro de protección, construido durante años, ganaba la partida. La bendita indiferencia comenzó a calmar sus miembros tensos y toda emoción se borró. No podía hacerle daño. Más tarde lloraría, pero de momento había vencido al sentimiento que estaba a punto de romperla en pedazos.

Reunió valor y con algo parecido a una sonrisa, avanzó hacia la niña. Extendió la mano como una autómata, diciendo:

—Hola, soy Jillian Kerr.

La niña observó la mano como si no supiera qué hacer con ella, pero por fin la tomó con gracia.

—Soy Christine —dijo.

No lo dijo con alegría, pero Jillian no estaba para sutilezas.

—Conozco a tu padre desde que éramos niños, tan pequeños como tú. Pero no somos amigos realmente y sólo he venido a hablar de negocios. Ya me marcho.

Pasó junto a la niña y superó la mesa con sus tres cubiertos, camino de la puerta. En el vestíbulo tomó el teléfono y llamó a un taxi para que pasara a recogerla.

Cuando se disponía a salir a esperar fuera de la casa, Dax la llamó. Siguió caminando y estaba en el jardín cuando el hombre llegó a su lado:

—¿Jillian?

No respondió. No podía hablar. Le ardían los ojos y toda su voluntad estaba centrada en contener los sollozos. Siguió caminando hacia el lugar por el que aparecería el taxi.

—Jillian, tenemos que hablar.

Jillian caminó más rápido, poniéndose la mano en la boca para ahogar un sollozo.

—No puedes ir andando hasta casa, cielo. Déjame que te acerque.

La dulzura de su voz le hizo más daño. Por fortuna, un taxi apareció en el camino.

–Quería hablarte de Christine. Quería que la conocieras, pero no así...

–Pues ya la conozco –lo miró un segundo y buscó apoyo en el muro imaginario de su mente–. Si has vuelto para castigarme, Dax, puedes estar contento –no podía ocultar el dolor de su voz cuando dijo–: Ojalá fueras tú el Piersall que estaba en ese coche la semana pasada.

Los rasgos del hombre se fijaron en una mueca helada. El taxi se detuvo junto a ellos y Jillian entró en el coche mientras Dax la miraba como si se hubiera vuelto de piedra. Logró pronunciar su dirección y luego se concentró en aguantar hasta su casa sin estallar en sollozos.

Capítulo Tres

Dax se sentó en el borde de la piscina, mirando el agua sin verla realmente. Era más de media noche y empezaba a resentirse de lo incómodo de su postura, pero permaneció allí, quieto, intentando entender el curso de su propia vida.

Seguía conmocionado por la reacción de Jillian al descubrir que tenía una hija, durante aquella extraña velada. Y mientras el agua acariciaba sus pies y sus tobillos, se preguntó por qué motivo todo había salido tan mal. Pues una vez habían sido muy felices.

Desde el primer beso que intercambiaron hasta el día en que la había pillado en la cama con su hermano, había sido un hombre feliz. O eso había creído. Y jamás había conocido a una mujer que pudiera hacerle olvidar a Jillian. Ni siquiera una mujer que le gustara lo suficiente como para pensar en compartir su vida con ella. Tampoco había tenido ninguna oportunidad de comprobarlo con Libby. Se habían casado para legalizar la situación de Christine, pero nunca habían tenido una vida en común.

No era justo culpar por ello a su ex–mujer. Libby no había podido luchar contra los fantasmas. Dax suspiró, un sonido extraño en la quietud de la noche. Le gustaría estar alguna vez en la cama con alguna mujer sin imaginar inmediatamente que era a Jillian a quien abrazaba. Había logrado eliminarla de sus pensamientos diurnos, pero había habitado en sus sueños durante años.

Los recuerdos de su sonrisa burlona, de sus ojos luminosos, lo habían perseguido y torturado desde su partida. Cuando niños la veía como a una hermana pequeña, un tanto insoportable, mientras que se hacía inseparable de Marina durante los años del instituto. Siempre le había maravillado la diferencia entre las dos hermanas. Físicamente, hubieran podido pasar por gemelas, salvo por la diferente altura. Marina era más alta que Jillian, pero ambas tenían un rostro y un cuerpo que hacía que los hombres se detuvieran por la calle, fascinados.

Pero sus personalidades no hubieran sido más diferentes si hubieran nacido en planetas distintos. Marina era tranquila, Jillian inquieta. Marina callada, Jillian sociable. La primera tenía un carácter equilibrado y sobrio, mientras que la segunda era exuberante, un verdadero volcán. Con Jillian no había puntos medios. Te quería o podía matarte.

Marina era una mujer llena de gracia y elegancia, y siempre vistió con distinción. Mientras que la vivaz Jillian no podía entrar en una reunión sin que todos los hombres se dieran la vuelta a su paso. Y su natural seducción era puesta en evidencia por su ropa, no siempre discreta.

En el funeral de su hermano, una parte de él hubiera querido tapar sus piernas demasiado largas y desnudas, objeto de atracción de todas las miradas masculinas. Otra parte se limitó a disfrutar del espectáculo.

¿Por qué no se habría enamorado de Marina? Era su amiga, pero nunca sintió por ella más que afecto. En cuanto a Jillian... Cuando la chica cumplió quince años todo su ser adolescente se incendió de deseo. Y seguía igual, se dijo con ironía. Debería odiarla sólo por eso.

Metió una mano en el agua fría. La primera vez en que habían hecho el amor estaban junto a la piscina, tumbados sobre la hierba húmeda. De haberlos descubierto, su padre lo hubiera matado y el de ella lo habría cortado en pedacitos. No le extrañaba, ahora que era padre a su vez.

Pero no había pensado en eso. Lo único en lo que había pensado había sido en quitarle el bañador completo que llevaba entonces. Llevaban dos meses saliendo juntos, desde el día en que Dax regresó de Europa, sin haber dejado de pensar en Jillian ni un día de su vida. No se habían separado desde entonces y cada vez, él había logrado retenerse, convencido de que debía esperar hasta poder proponerle matrimonio. Había superado las tentaciones de su sangre ardiente y el suplicio le hacía sentirse heroico.

Pero la noche del veintitrés cumpleaños de Marina, olvidó sus promesas de sacrificio.

Habían organizado una fiesta en honor de Marina en casa de sus padres, habían nadado y poco a poco, los amigos se habían dispersado, hasta que sólo quedaron Jillian y él.

Aún recordaba la tensión de su cuerpo al comprender que estaban solos. Casi nunca estaban solos, en parte para evitar tentaciones y en parte porque salían en pandilla y se veían en lugares públicos.

En cuanto Marina desapareció con su amigo, Jillian le tiró agua a la cara y exclamó:

–Te reto a una carrera.

Él se había echado a reír.

–¿Cuándo vas a aceptar que no puedes ganarme?

Jillian no contestó y se tiró al agua. Dax la siguió, alcanzándola a mitad de piscina. Allí le tiró de la pierna y mientras la joven se debatía entre risas la abrazó para sentir su cuerpo e impedirle que huyera.

La privacidad inesperada era un potente afrodisiaco y cuando Jillian le pasó los brazos por el cuello y apretó sus preciosos senos contra su pecho, perdió la cabeza.

Y ella lo siguió. Se acariciaron, besaron y exploraron sobre la hierba, gimiendo ante las sensaciones de la carne recién descubierta.

–¿Dax? –había susurrado Jillian.

–¿Qué? –él había logrado bajarle el bañador y le estaba acariciando el pecho con la boca.

–Por favor, ¿puedes... podemos... hacerlo?

La tímida petición terminó de enardecerlo. La miró, acurrucada entre sus brazos, con los pezones duros rozando su pecho y su cuerpo dio la respuesta. Pero todavía vaciló, perseguido por sus promesas.

–Podemos hacerlo, pero no es necesario.

Su sentido común se evaporó cuando ella lo miró y apretándose más contra él, presionando su erección contra su vientre, susurró:

–Pero es que quiero hacerlo. Por favor.

Se le subió la sangre a la cabeza. Tendió una toalla en una zona de hierba más alta y blanda y terminó de desnudarla. Aunque ya la conocía, al ver su hermoso cuerpo desnudo y ofrecido, sintió que temblaba de pasión.

Estaba tan excitado que apenas pudo quitarse su propia ropa, ni acariciarla el tiempo suficiente, ansioso por satisfacer su propio deseo largo tiempo reprimido.

Tardaron algunos meses en encontrar el placer conjunto, y luego el sexo entre ellos fue más de lo que hubiera podido imaginar, cuando Jillian se reveló como la mujer llena de sensualidad que era.

Dax se movió con intranquilidad, excitado por los recuerdos y se pasó la mano por la nuca, angustiado. ¿Qué les había pasado después?

De pronto dejó de recorrer las imágenes agridulces del pasado, asaltado por el recuerdo más cercano de la reacción de Jillian ante la aparición de su hija.

Toda excitación desapareció, remplazada por el deseo de saber qué había pasado en aquel momento por la mente de Jillian.

No había duda de que un dolor devastador la había invadido al ver aparecer a Christine. En los segundos en que no había podido disimular, Dax había visto sobre su rostro la expresión de la sorpresa, la incredulidad, seguida del reconocimiento y una agonía sin matices. Había cerrado los ojos y Dax había creído por un momento que su indestructible Jillian iba a desmayarse.

Cuando había intentado hablarle, su reacción había sido tan inesperada como su silencioso sufrimiento. Había huido de él, como si sintiera pánico, con el rostro demudado y una mirada vacía y salvaje. Le había asustado verla así, como un animal herido.

La había hecho mucho daño, de eso estaba seguro. Pero no lo había hecho a propósito. Como no la había besado deliberadamente. Iba a hablarle de Christine antes de que su hija apareciera para la cena, pero se le había olvidado cuando había empezado a tocarla.

No quería pensar en lo que significaba sentir tanto placer por tenerla de nuevo entre sus brazos. Le bastaba recordar que también había estado en brazos de su hermano.

El pensamiento no provocó la habitual cortina de ira que se abatía sobre su mente. Seguía oyendo las patéticas palabras de Jillian: «Si has vuelto para castigarme, puedes estar contento».

Se había mostrado tan conmocionada como siete años antes, como una persona que ha recibido un golpe en el estómago y está haciendo un esfuerzo por no doblarse y caer de bruces. Era cierto que había deseado castigarla, pero lograrlo le había amargado la victoria: verla doblada de dolor ante sus ojos le había dejado un sentimiento abyecto de vacío.

Odiaba pensar que se había vuelto un hombre tan mezquino. No había sido una persona entera desde que oyó a su hermano declararle su amor, aquel triste día siete años antes. Pero el tiempo no había pasado en vano y el odio que sentía había muerto.

Volvió a pensar en Jillian. Pues después de desmoronarse ante sus ojos, había hecho algo increíble, algo que muchos hombres fuertes no hubieran logrado ante un golpe físico. Cuando pensaba que iba a disolverse, se había recuperado. Observó cómo se retiraba, buscaba cobijo mentalmente, y resurgía con nuevas fuerzas para enfrentarse a la realidad. Cuando volvió a mirarlo, estaba en calma. No había la menor alegría en ella, pero el mero hecho de haber logrado recuperarse era asombroso.

La calma duró lo suficiente para permitirle salir del comedor. Había logrado huir, pero sin llegar a proyectar su imagen habitual de inconsciente seguridad en sí misma. Era como si dos mujeres habitaran en su cabeza y Dax se preguntó a cuál había amado años atrás.

La antigua Jillian le hubiera tirado cualquier objeto cercano a la cabeza. Hubiera gritado, insultado y llorado, y asustado a la pobre Christine. Cuando volvió a verla en el funeral, hubiera jurado que la mujer que conocía no había cambiado un ápice, salvo por la sofisticación que presta la madurez. Había respondido a sus pullas verbales con ingenio y había percibido su genio y talento en cada frase.

Pero no había ningún espíritu en la mujer anonadada que había salido de su casa aquella noche.

Aquella nueva Jillian había estado a punto de llorar. No había visto a Jillian llorar desde que Chispa, el perro que había sido fiel compañero de su infancia, murió. Y entonces tenía doce años.

La culpa se instaló como una mano de hierro sobre su nuca ya tensa. Conocía muy bien ese sentimiento. Se había sentido culpable desde el día en que Libby Garrison había llamado a la puerta de su apartamento de Atlanta y le había dicho que estaba embarazada. Había sucedido al poco tiempo de dejar su casa y a la mujer que iba a ser su esposa.

No sirvió de mucho que se dijera que había estado fuera de sí, lleno de rabia y dolor, empeñado en borrar a Jillian de su mente con otras mujeres. Lo que había hecho estaba mal. Había hecho un mal a Libby, a Jillian y sobre todo a la pequeña Christine.

Aquella niña hubiera merecido un hogar feliz, o al menos un padre que amara a su madre. Pero Dax nunca se había imaginado padre de un hijo que no fuera también de Jillian. Miles de veces se había sorprendido deseando lo imposible: que esa criatura fuera hija de Jillian.

Sí, la culpa había sido su compañera durante mucho tiempo.

Y ahora tenía que volver a vivir con ella, tras comprobar el dolor de Jillian. Durante mucho tiempo había deseado mostrarse con otra ante los ojos de Jillian, para herirla y triunfar, pero una idea lo había retenido: puesto que ella ya no lo quería, ¿qué podía importarle que él estuviera con otra mujer?

Y aquella noche, sin haberlo planeado, había llevado a cabo su cruel venganza. Y después de siete años, la invencible había estado a punto de estallar en sollozos ante la prueba de.. ¿De qué? ¿De que él había sido infiel?

Aquello no tenía ningún sentido después de lo sucedido con su hermano.

Se lanzó al agua y mientras nadaba, volvió a sorprenderse por la ausencia de odio en su interior. Palpó mentalmente la ira antigua, tan familiar, y la encontró, pero sin aristas, como gastada por el tiempo. Necesitaba saber por qué lo había engañado con Charles, pero ya no lo guiaba el deseo de verla sufrir.

Ya lo había logrado.

Y no deseaba que sufriera más. Pero ahora necesitaba que lo ayudara a salvar el negocio de la familia, la herencia de su hija. Y haría lo que fuera necesario para lograrlo.

Jillian estaba colocando un vestido adorable de otoño, diseñado por su amiga Deirdre, en una de las muñecas del escaparate de su tienda de juguetes, cuando lo vio acercarse. A través del cristal, sus ojos se encontraron. Jillian se esforzó en sostener su mirada, y cuando Dax apartó la vista, se sintió recompensada.

Hasta que se dio cuenta de que Dax había bajado la vista para contemplar el escote que mostraba su blusa entreabierta.

¿Qué hacía allí? ¿Había ido para echar más sal en la herida? Cada vez que recordaba la horrible noche quince días atrás sentía que se le revolvía el estómago. ¿Cómo había sido capaz de hacerle eso? ¿Lanzarle de manera tan cruel su hija a la cara?

¿Y por qué no? Desde su punto de vista, Jillian le debía mucho más. A pesar de sus disculpas, estaba segura de que había arreglado el encuentro sorpresa con la pequeña para vengarse.

Su hija. Dax no tenía razones para saber cuánto iba a dolerle descubrir que tenía una hija. Él no se moría, como Jillian, por tener hijos, ni sentía que su vida se había echado a perder el día en que se habían separado para siempre.

Dax cruzó la puerta haciendo sonar una campanilla que anunciaba a los visitantes. Jillian salió rápidamente del escaparate, consciente de que en su postura reclinada, la corta falda de terciopelo rosa que llevaba no debía cubrir gran cosa de sus muslos.

Dax emergió tras una montaña de osos de peluche creados por un artesano local justo cuando Jillian había logrado recomponer su estampa.

–Hola, Jillian.

Incluso el sonido de su voz parecía lleno de aristas que se clavaban en su corazón. No podía mirarlo, de manera que se dio la vuelta para recoger los juguetes que no había terminado de colocar, dejando que la cortina de su cabello ocultara su rostro.

–Hola, ¿puedo ayudarte en algo? –fría y educada, decidió. Era más fácil atacar que defenderse–. ¿Algo para la niña de la que estás tan orgulloso?

No respondió.

Como la cortante respuesta que esperaba no surgió, Jillian se decidió a mirarlo.

Dax la estaba mirando con seriedad y algo que se parecía sospechosamente a la compasión en lugar del desprecio habitual.

–Quiero hablar contigo. Aquí o en otro lugar, como prefieras.

Jillian movió la cabeza con energía.

–No. Tú y yo sólo tenemos que hablar de negocios y lo haremos en las juntas, con los demás accionistas.

–¿Has comido?

Típico de Dax, ignorar lo que acababa de decir.

–No –respondió–. Pero no voy a parar a comer.

–¿Por qué? –por vez primera, Dax miró la tienda con atención–. Pensé que tu hermana trabajaba contigo.

Jillian le dedicó una mirada que indicaba sus dudas sobre su cociente intelectual.

–¿Te refieres a Marina, que tuvo un hijo hace menos de un mes y se pasa el día cuidándolo?

–¿No tienes más ayuda?

–Dos chicas en media jornada. Y necesito contratar a alguien más, al menos para la temporada navideña –se dio cuenta de que contestaba a sus preguntas como una buena alumna y se dio la vuelta con rabia–. Adiós, Dax.

–¿Quieres salvar las industrias Piersall?

La pregunta la hizo parar en seco cuando se dirigía a la trastienda.

–Claro –dijo, preguntándose dónde querría ir a parar–. Ya te he dicho que no tengo nada que ver con...

–Creo que puedo salvar la empresa, pero necesito tu ayuda.

Jillian lo miró de nuevo y luego se puso la mano en la oreja con gesto humorístico, como si temiera haber oído mal.

45

–Di eso otra vez.

–Necesito tu ayuda para salvar la empresa.

–No. Sigue tú solito. Monta tu caballo blanco y dedícate a salvar lo que quieras. Yo tengo una vida propia.

–Si no me ayudas, no creo que pueda evitar la bancarrota.

–No creo que me necesites para nada.

–Pues ya ves que sí –alargó las manos en gesto de impotencia y las estudió, poniéndolas luego sobre el mostrador tras el cual se había refugiado Jillian–. Quiero que te cases conmigo. Juntos, controlamos lo suficiente para asegurar que la empresa siga el rumbo que creo correcto.

Jillian se había quedado literalmente sin habla. Buscó palabras en su mente, pero no encontró nada. ¿Era posible ser más insultante?

–¿Puedo tomar tu silencio por un sí? –para estarse burlando de ella, su expresión era intensa y grave.

–Has debido pasar en un manicomio todos estos años –dijo al fin Jillian. Con la voz regresó la ira. Se sentía insultada. ¡Maldito tipo! Nadie en el mundo podía hacerle perder los nervios como Dax–. ¿Así que no era buena para casarme contigo cuando decidiste que tu hermano y yo estábamos liados, pero ahora que necesitas salvar tu negocio, me he vuelto aceptable?

Tomó un libro grueso que había sobre la mesa, con la tentación de lanzárselo a la cabeza.

–Si me tiras eso, te juro que ese mostrador no te defenderá –amenazó Dax sin alzar la voz. Al ver que la mujer dejaba el tomo con gesto resentido, prosiguió–: ¿Estás tan furiosa porque me marché o porque he vuelto con una hija?

–¡Por nada! No estoy furiosa. Para estar furiosa tendría que importarme algo lo que hagas –oyó el temblor en su voz y tuvo el valor de ocultarlo–. Lo único que me preocupa es que sacaste tus conclusiones y rompiste el corazón de tu hermano y jamás has reconocido que pudiste equivocarte. Y ahora él ya no está y es demasiado tarde.

Dax se estremeció visiblemente. Cuando habló, lo hizo con temor:

–¿Cómo iba a equivocarme? Sé lo que vi y lo que escuché. ¿Estás diciendo que malinterpreté algo?

–¿Tú, el que nunca se equivoca? ¿Equivocarte tú? –el sarcasmo fue la única respuesta.

Hubo un tenso silencio. Dax la miró con una expresión reflexiva que la perturbó más de lo que quería reconocer. Después, una mirada neutra, vacía, tomó el lugar de la duda.

–¿Cuándo te parece que nos casemos? Debería ser cuanto antes. Hay cosas que no pueden esperar.

–No me parece que nos casemos –declaró Jillian entre dientes–. Mi respuesta es no.

–Además me gustaría que vinieras a vivir a casa, porque pretendo que trabajemos juntos y será más fácil. Por supuesto, tendrás tu habitación –añadió Dax, magnánimo–. Y la señora Bowley se queda con nosotros, claro, para organizar la casa. No quiero que Christine sufra más cambios en su vida.

Aquello dolía. Era obvio que pensaba en su hija. Más que doler, quemaba.

–Te he dicho que no me interesa. Seguro que hay alguna otra mujer en algún lugar dispuesta a aceptar la oferta.

Una sonrisa de lobo curvó la boca de Dax y Jillian comprendió tarde que había errado el tiro.

–Hay muchas mujeres dispuestas a aceptar la oferta, preciosa. Te recuerdo que tú misma lo estuviste una vez –Jillian lanzó una imprecación que él no atendió–. Pero aquí hablamos de algo más importante. Charles dejó el negocio al borde del precipicio. Si quiero sacarlo de ahí, tendré que dedicar mucho tiempo al negocio y quiero que me ayudes. Tengo mis propios negocios a los que atender, además de este.

–¿Cuáles? –intentó concentrarse en las palabras en lugar de en la imagen de Dax retozando con otra mujer.

De nuevo ignoró su comentario.

–Ya estoy negociando un contrato para Piersall, para fabricar en masa un nuevo producto. Necesito muchas relaciones públicas, y tu tienes la formación y la clase necesaria para ayudarme.

–Qué halagador.

–Y sabes manipular a los hombres para que hagan lo que quieres.

Jillian alzó la ceja.

–Vaya, he pasado de ser una azafata a una prostituta en dos frases.

–Nos casaremos. Así que espero que te comportes como una mujer casada. Al menos en público.

–Cuando las vacas vuelen.

Dax hizo una mueca de disgusto, pero siguió hablando:

–Con tus conocimientos, puedes ayudarme mucho en el aspecto financiero. Hay cosas muy raras en la contabilidad y me gustaría conocer tu opinión –se pasó una mano nerviosa por el cabello negro–. Aunque confío en mis empleados de Atlanta, me volveré loco llevando dos negocios a la vez.

–Ya estás loco –Jillian sabía que se estaba pasando de lista, pero la propuesta del hombre era malsana–. Deberías pedir ayuda.

La luz en los ojos de Dax se hizo más intensa.

–Eso intento hacer. Quiero cambiar la estructura de la empresa y de los mandos, pero no puedo hacerlo sin tu apoyo. Entre los dos podemos enderezarla y luego dejarla en manos de un buen gerente.

–Tengo un negocio, por si no te has dado cuenta. No busco trabajo.

–Puedes trabajar conmigo en la casa, por las tardes. No hace falta que vayas a la oficina.

–No me extraña que te parezca difícil llevar dos

negocios –exclamó Jillian–... Estás sordo. He dicho no.

–Christine necesita una madre. Tú lo harías bien.

Aquello la dejó de piedra. Pensaba que Dax no podía hacerle más daño, pero estaba equivocada.

–Que lo haga su propia madre –replicó ácidamente–. ¿O también la abandonaste? –el dolor la atravesó de nuevo y no pudo evitar que las lágrimas asomaran a sus ojos.

–No sigas –la voz de Dax era tan autoritaria que Jillian sintió que la rabia remplazaba a la pena. Nunca le había hablado así cuando eran jóvenes.

–La madre de Christine no quiere estar con ella –dijo–. Me odia y ve a mi hija como la prueba del peor error de su vida.

Jillian sabía lo que era sentirse rechazada. Pero apartó la inmediata simpatía que sintió por la pequeña. La mera idea de hacer de madre de un hijo de Dax la ponía enferma.

–¿Por qué yo? –furiosamente se mordió los labios para luchar contra el llano.

–¿Por qué no? Nos conocemos muy bien. Ya me sé todos tus defectos.

–No sabes nada de mí –dijo Jillian amargamente–. Ya no soy la niña idiota que adoraba cada palabra que salía de tu boca.

–Ya sé que no eres ninguna niña –mientras hablaba fue acercándose y dio la vuelta al mostrador–. Y sé otras cosas –dio un paso más hacia ella y Jillian retrocedió chocando con el pequeño cuarto donde guardaba la ropa y las bebidas.

–No hagas eso –pidió Jillian, reconociendo el horror de sentirse atraída por un hombre que la odiaba.

–Lo siento, pero es la única forma de que te calles.

Jillian alzó las manos para detenerlo, pero Dax la tomó por las muñecas, las colocó junto a su cabeza y echó su cuerpo sobre ella, presionándola contra la pared.

Hubo unos segundos de silencio eléctrico, tenso, puntuado por sus respiraciones agitadas. Luego Dax se acercó más, presionando sus senos, dejándole ver la mejilla que azulaba la primera barba. Dax tragó saliva y Jillian siguió el movimiento de su nuez, fascinada.

–Bésame –pidió y sus palabras la sacaron del letargo sensual que sentía.

Sabía que no podía luchar contra él, pero giró la cabeza para negarse.

–Ni hablar.

Dax tomó sus dos muñecas con una sola mano y con la otra tomó su barbilla, y sin esperar su respuesta, empezó a besarla.

Sus cuerpos se unieron más, como piezas de un puzle. Jillian sentía su erección contra el vientre y su boca que la besaba como si ella fuera un manjar deseado durante años.

Lo odiaba y no quería responder. Pero su cuerpo, que reconocía al único hombre al que había amado, no quería saber nada de sus decisiones y se dejaba hacer, hasta que su boca se abrió sola para recibirlo.

Cuando vio que su lengua se unía tímidamente a la suya, Dax soltó sus muñecas y acarició sus costados mientras las manos de Jillian se enlazaban sobre su nuca.

Sujetó su cabeza con una mano, asegurándose sus besos, mientras la otra descendía con seguridad por su espalda, y allí tomaba sus nalgas para acercarla aún más a su pelvis.

Jillian gimió ante el gesto y él absorbió el sonido. Durante un tiempo eterno, exploraron sus bocas, mientras Dax la mantenía pegada a la pared del almacén, apretándose contra ella hasta que la tensión erótica se hizo insoportable para ambos.

Entonces, Dax se apartó y apretó el rostro de Jillian contra su hombro.

–Espera –dijo sin aliento–. Jill, tenemos que parar.

Las palabras eran un eco familiar, doloroso, de los primeros meses de noviazgo.

Como si surgieran de un lugar profundo, Jillian intentó comprenderlas, aún pegada a él, mientras Dax la tomaba por la cintura y establecía la primera distancia enre ellos.

–Esto es infernal –dijo Dax mientras Jillian, repentinamente consciente de lo ocurrido, se apartaba–. Y no forma parte del plan.

Jillian no le contestó. Estaba avergonzada. Se odiaba a sí misma y lo odiaba a él. Aquel hombre había pensado lo peor de ella, la había abandonado y en el minuto en que volvía a verlo, se derretía como cera junto a la llama.

–No quiero desearte –dijo, temblando.

–Eso es un sentimiento fútil –replicó Dax–. Está claro, preciosa, que no podemos dejar de tocarnos. Siempre fue así y siempre será así.

Jillian giró para mirarlo, indignada.

–Y hay otra conclusión: nunca me casaré contigo.

Dax se detuvo, como un animal oliendo el peligro.

–Si te niegas, perderemos Piersall. Y la gente quedará sin trabajo.

–Eso dices tú –Jillian se rozó los labios que seguían palpitando–. Pero sólo tengo tu palabra –rió seca, tristemente–. Y los dos sabemos lo que vale tu palabra.

Un profundo sonrojo cruzó por el rostro moreno del hombre.

–Eso es culpa tuya.

–Una promesa es una promesa –dijo Jillian–. No tenías ni idea de lo que sucedió entre Charles y yo. Sacaste tus conclusiones y te largaste sin querer saber la verdad –de pronto, se dio cuenta de lo que decía y se detuvo, bruscamente. No tenía la menor intención de defenderse a esas alturas.

Dax la estaba mirando como un gato sobre una superficie ardiendo, su curiosidad y su temor casi palpables en el pequeño almacén. Pero Jillian no quería más preguntas.

–Bien –dijo simulando frivolidad–. Como no paro de repetir, no tenemos nada de qué hablar. Ya puedes marcharte.

–No me marcho a ninguna parte –dijo Dax–. Contesta: ¿te casarás conmigo, sí o no?

–Segunda opción –dijo ella–. No.

–Muy bien –se volvió y dio un paso hacia la puerta–. ¿Algún mensaje para la gente del bar de la esquina? Aprovechando que voy a hablar con ellos –añadió y Jillian lo miró con odio.

–¿Para qué?

Dax fue hasta la puerta de la tienda.

–Quiero hablar con los dueños sobre el contrato.

Jillian se interpuso entre él y la salida.

–¿Y qué les dirás?

–Que tienen que buscarse otro sitio. Al igual que el resto de los comerciantes.

–¡No!

–Pues cásate conmigo.

–¡No puedo!

–No quieres –la corrigió Dax, abriendo la puerta, pese a los esfuerzos de la mujer.

La desesperación la hizo balbucir:

–Si me caso contigo...

–Nadie tendrá que preocuparse.

–Eres... eres un gusano –la voz de Jillian temblaba de rabia impotente–. Esto es un golpe muy bajo, incluso viniendo de ti.

–Ya.

Hubo un largo silencio, como el que antecede a la batalla. Sólo que un enemigo tenía más armas y lo sabía.

Jillian bajó la vista.

–¿Cuándo quieres que me traslade?

–Mañana –declaró Dax–. Cuanto antes mejor.

Jillian no respondió, demasiado tensa procurando no gritar. ¿Cómo podía ser tan canalla?

Dax tomó su silencio por una nueva duda.

–Mira. Lo haremos sólo durante seis meses. Si todo está en orden para entonces, serás libre para marcharte.

Seis meses. Estaba tan lejos como una pequeña luz al final de un túnel. Asintió lentamente, aliviada por la existencia de un plazo.

–Está bien. Tengo dos condiciones.

De pronto era Dax quien la miraba como si fuera una serpiente venenosa.

–¿Cuáles?

–En primer lugar, quiero un acuerdo prenupcial que establezca todos los detalles de este despreciable asunto. Incluida la promesa de congelar los alquiles del centro comercial para los próximos tres años.

Dax pensó unos segundos, y luego asintió.

–Me parece bien. ¿Cuál es la segunda?

–Iremos a comer mañana y me lo contarás todo sobre tu hija.

–¿Mi hija? –Dax parecía aún más receloso, y su aspecto, siempre tan seguro de sí mismo, sufrió cierta vacilación.

–Si tengo que vivir con esa niña, necesito saberlo todo sobre ella. Todo –explicó Jillian, mirándolo sin dulzura.

Dax asintió buscando en sus ojos algo, pero sólo encontró la fría exigencia de una mujer de negocios.

–Me parece justo –dijo.

Capítulo Cuatro

Dax la llevó a comer al club de campo y Jillian se preguntó cómo habría conseguido ser miembro tan rápidamente, pero luego recordó que sin duda su familia estaba entre los socios fundadores y tenía reserva de plaza.

Cuando la camarera se acercó a tomar nota de los platos, Jillian disfrutó malignamente pidiendo langosta, el plato más caro de la carta, aunque sabía que el precio no afectaría a Dax, si es que su atuendo y su coche eran realistas al hablar de una condición económica más que desahogada.

Cuando les llevaron las bebidas, un silencio incómodo se instaló entre ellos. Dax tomó aire y Jillian se limitó a alzar las cejas, esperando a que hablara.

–No es... fácil, si quieres la verdad. No estoy muy orgulloso de lo que pasó.

Estupendo, se dijo Jillian. No quería que fuera fácil para él, después de lo que ella había sufrido en los últimos días.

–Quiero la verdad.

Dax se movió en la silla, pero asintió.

–La verdad –tomó su vaso y bebió un trago de cerveza–. Después de que tú –vaciló y su gesto se tensó al recordar–... Después de mi partida, viajé sin destino fijo. Mi madre me pidió que regresara, pero no podía vivir aquí. Un día me aburrí de moverme y como estaba en Atlanta, me quedé allí. Utilicé mis apellidos para llamar a una serie de puertas y conseguir un trabajo en alguna empresa. Y justo entonces la posibilidad de comprar un negocio apareció como caída del cielo.

–¿Qué clase de negocio? –Jillian no tenía la menor idea de dónde provenía su dinero y se moría por saberlo.

Vaciló de nuevo.

–Te lo diré, pero no te rías.

–¿Por qué iba a reirme? –intrigada a pesar suyo, se inclinó hacia adelante y cruzó los dedos–. Te juro que no me reiré.

–Ataúdes.

–¿Ataúdes? –una sonrisa burlona subió a sus labios y se contuvo para no soltar una carcajada–. ¿Haces ataúdes?

Dax la miraba con enfado.

–La generación de los cincuenta se está haciendo mayor. Es un negocio con futuro.

Jillian asintió con un gesto de mortal seriedad.

–Desde luego.

–Te estás riendo –la acusó Dax–. Por eso no te lo había contado antes.

–Perdona –se puso la mano ante la boca–. Es que no lo esperaba.

–Ni yo –replicó Dax irónicamente–. Como te dije, fue una oportunidad. Y utilicé parte de mi herencia para comprar el negocio.

Pidió otra cerveza y Jillian lo acompañó, diciéndose que una pequeña ayuda no le vendría mal.

–Contraté a un par de personas en el momento y luego fui completando el equipo. Mi primera ejecutiva fue una chica, una mujer, llamada Olivia Garrison, Libby. Era joven, como yo, recién salida de la universidad con un título de finanzas y muy lista.

Una punzada de envidia se clavó en el pecho de Jillian. Dax había pensado muchas cosas de ella en su vida en común, pero dudaba de que hubiera alabado ante alguien su inteligencia.

–Tuve una aventura con ella –dijo. Su mirada era fría y contemplaba a Jillian como un halcón a su presa.

Ella mantuvo una expresión neutral, como si sus aventuras no la afectaran.

–Una noche, después de una cena de trabajo con varios clientes, la dejé esperando frente al restaurante mientras iba a buscar el coche y al pasar delante de ella, sucedió algo: estaba de perfil, no me miraba, y por un segundo, te vi a ti –tomó aire antes de seguir–. Me di cuenta de pronto de que la había elegido porque me recordaba a ti. Como si eso fuera a servir para que salieras de mis malditas pesadillas.

Jillian gimió mudamente. ¿Por qué le habría preguntado por la niña? Aquello le iba a permitir reprocharle de nuevo el fracaso de su relación y hacerla sufrir. Pero Dax seguía hablando y sus palabras penetraron en su mente, pese a su deseo de negarlas.

–Nuestro... asunto no duró mucho y ni siquiera fue el único. Por desgracia cometimos un error y unos meses más tarde, en febrero, me dijo que estaba embarazada.

Febrero. Jillian intentó superar el frío silbido de su mente. No había tardado ni un año en dejar embarazada a otra mujer. Alzó la mano y pidió una tregua:

–Para.

–No. Querías saberlo –cuando Jillian intentó ponerse en pie, la tomó por la mano para que permaneciera sentada–. Christine nació en octubre y su madre y yo nos casamos un par de meses antes.

Tendría que haber hecho algún comentario sardónico, pero no se le ocurrió ninguno. La revelación de su escaso amor por ella la había dejado muda de tristeza.

De no haber sido porque sus manos cubrían las suyas se hubiera marchado al instante. Unas manos a las que había amado mucho y que conocía bien, que solía mirar pensando que pertenecían al hombre de su vida, al padre de sus futuros hijos.

Pero él había encontrado a otra persona.

Seguía mirando esas manos cuando todo empezó a

girar a su alrededor, y el prisma se fue estrechando hasta que sólo quedó un punto de luz y una voz que le decía:

–¡Jillian!

Vagamente, comprendió que Dax la sostenía por la nuca y le estaba diciendo que respirara profundamente y bajara despacio la cabeza.

Poco a poco la visión regresó y pudo darse cuenta de que otros comensales los miraban con curiosidad.

–Toma un trago –dijo Dax–. Ya ha pasado, pero estás completamente blanca.

–No me voy a desmayar –dijo tontamente, apartando la cabeza del contacto de sus manos. Tenía el cuerpo de Dax sosteniéndola por detrás y sentía su grato calor, pero aunque se hubiera quedado así para siempre, se irguió con orgullo y repitió–: Yo no me desmayo.

–Ya, ya lo sé –sonrió Dax y hubo una dulzura extraña en su sonrisa, que la hizo odiarle más.

–Debe ser la cerveza con el estómago vacío –comentó Jillian–. Pásame un poco de pan.

Dax le tendió la bandeja y explicó con calma:

–Si te hace sentirte mejor, te contaré que nuestro matrimonio fue un desastre desde el primer día. Libby tardó unos cinco minutos en comprender que era una sustituta tuya.

Jillian había esperado amargura en su voz, y la tomó por sorpresa la triste resignación de su tono.

–¿Si me odiabas tanto por qué le hablaste de mí?

Dax alzó la ceja y esta vez sí habló con dureza y una burla dirigida hacia sí mismo.

–No le hablé de ti, pero el hecho de que dijera tu nombre en mitad de la noche y en otros momentos la alertó.

No era justo. Tendría que haber sentido cierta satisfacción al saber que Dax había sufrido tanto como ella, pero la imagen del hombre con otra mujer la hirió profundamente. Para tragar el nudo en su garganta, regresó a la estrategia de ataque.

–Y déjame adivinar –dijo alzando la ceja–. Te abandonó antes de que pudieras explicarle lo que realmente había pasado.

Dax tardó unos segundos en asimilar la pulla, pero luego se limitó a decir:

–No, no me abandonó. Me llevó cerca de cuatro años comprender que estábamos arruinando la infancia de Christine con nuestras continuas peleas. Entonces pedí el divorcio –hizo una mueca–. Libby me sustituyó por otro en seguida. El problema era que su nuevo novio no quería un niño de otro hombre. Y Libby ve a Christine como la imagen del tiempo perdido.

–¿Y ella está contigo de vacaciones o algo así? –le dolía la garganta e intentaba no querer a Christine, pero su innata piedad la hacía dolerse por el drama de la pequeña. Ella había deseado tanto un hijo de Dax...

La expresión del hombre se ensombreció.

–Gané la custodia de Christine hace un año. Libby no la ha visto desde entonces y apenas la llama. De momento, mi hija sólo me tiene a mi. Y a ti –añadió–, si vas a ser su madrastra.

–No lo creo –madrastra, le costaba hasta enunciar la palabra.

–Lo serás dentro de poco –su expresión se hizo amenazante–. Y te agradecería si no la traumatizas más cuando vengas a vivir a la casa.

La mano de Jillian tembló cuando alcanzó el vaso de agua.

–No puedo hacerlo.

–Me habías dicho que sí.

–Me has obligado –apenas podía ocultar su angustia.

Los ojos de Dax eran implacables.

–Es culpa tuya.

–No es verdad –susurró Jillian, pensando que debía decirle que nunca lo engañó, nunca lo abandonó, siempre lo quiso. Apartó la vista de él, incapaz de resistirse a defenderse por última vez–: Yo confiaba en ti, mucho más de lo que tú confiabas en mí.

Dax cruzó los brazos y la miró con interés distante.

–Y ahora querrás contarme tu versión de qué hacías en la cama con Charles intercambiando apasionadas palabras de amor.

Jillian depositó el trozo de pan que estaba mordisqueando, repentinamente inapetente. Nunca iba a creerla y era mejor aceptarlo de una vez por todas.

–¿Sabes? Esto no ha sido buena idea. Es mejor que nos levantemos y demos por terminada la comida.

–¿No quieres la langosta?

–No –dijo poniéndose en pie–. Me marcho.

Dax se alzó también, pagó la cuenta y la siguió fuera del restaurante.

–Algún día –dijo mientras abría la puerta de su coche para que Jillian entrara–, te tocará a ti hablar. Tengo una larga lista de preguntas para ti.

Mientras Dax daba la vuelta al coche, Jillian deseó poder chasquear los dedos y encontrarse en su casa, y poner fin a tan ingrato encuentro. Mientras lo pensaba vio a Roger Wingerd con una mujer entrando al club. Él la vio también, y aunque una expresión de recelo cruzó su rostro, se acercó a saludarla. Después de la forma en que lo había tratado Dax no le extrañaba que el pobre desconfiara.

–Hola, Roger –saludó por la ventana abierta.

–Hola, Jillian –dijo él y se inclinó–. Señor Piersall.

Dax le devolvió el saludo.

–Wingerd. Nos veremos en la reunión del próximo martes.

–Es verdad –asintió éste–. ¿Vas a dedicarte activamente a la empresa? Charles solía estar de acuerdo con la junta directiva...

–Ya he leído las actas –le interrumpió Dax–. Y

francamente, creo que yo voy a ser un poco más difícil que mi hermano. No me gusta cómo se han llevado los asuntos.

Roger alzó las cejas, pero habló en tono amable:

–El resto de los accionistas no tienen queja, pero les gustará escuchar tus propuestas.

–Desde luego –Dax puso en marcha el motor–. Me gustará exponerlas –y sin esperar réplica, dio marcha atrás para salir del aparcamiento.

–Sabes eso que dicen –comentó Jillian entonces–, de que es más fácil cazar moscas con azúcar que con... otras substancias. Podrías intentar ser amable con el personal.

Dax se encogió de hombros.

–No creo que Wingerd dure mucho en la empresa. Pienso hacer unos cuantos cambios en la dirección.

Jillian lo miró con horror:

–¡Pero no puedes desembarcar aquí y ponerte a echar a gente! Roger ha sido un empleado leal. El resto de la dirección no va a estar de acuerdo.

–Ya lo sé. Pero no importará. Si tengo el voto mayoritario, se hará lo que yo pienso.

–¿Así que piensas llegar aquí y poner a todo el mundo a tus órdenes? ¿Y deshacerte de gente honrada?

–No quiero echar a nadie. No me gusta la idea. Pero si no actuamos con cierta dureza, todo el mundo terminará en la calle. ¿Eso quieres? Piersall es la empresa que fundó mi abuelo y quiero que Christine la herede algún día. Y no voy a permitir que siga la situación actual.

Jillian no contestó. Pero una idea estaba naciendo en su mente. La reunión de la junta del martes podía ser más interesante de lo que Dax creía.

El resto de la semana transcurrió a más velocidad de la que Jillian podía asimilar.

Dax encargó una breve ceremonia civil el viernes por la mañana. Los testigos fueron dos personas contratadas para la ocasión, pues Jillian se negó a dar el menor aspecto personal al evento.

El día anterior se habían reunido con los abogados para firmar el acuerdo prematrimonial que ella había exigido y que su abogado había retocado, para irritación de Dax.

A la mañana siguiente, se encontraron en el vestíbulo del juzgado. La única concesión que Jillian hizo fue ponerse un traje de seda muy elegante. Procuró que todo pareciera tan superficial como de hecho era, un trato comercial, poniendo su corazón a salvo.

–¿No quieres que venga tu hermana o alguna amiga? –preguntó Dax–. Tenemos tiempo de avisarlos.

–¿Para qué? –dijo Jillian mientras iban hacia la sala–. Ni que fuera una boda de verdad –se estremeció, pensando en la boda de Marina, o en la de varias amigas en los últimos años. Ceremonias llenas de ternura que ella había estado a punto de echar a perder llorando a moco tendido. Aquel horrible momento tendría que ser lo menos memorable posible, pues era el reverso de pesadilla de los sueños que una vez había acariciado.

Dax la miró con seriedad.

–Es una boda de verdad –dijo con un tono frío, distante–. Te comprometerá más que nada que hayas hecho en tu vida, preciosa, y quiero que lo tengas presente.

–¿O qué? –replicó Jillian con desprecio–. La última vez que te enfadaste tomaste tus cosas y te largaste. ¿Puedo tener la misma suerte esta vez?

La rabia brilló en los ojos oscuros del hombre.

–Ahora soy mayor y más listo –masculló mientras se abría la puerta de la sala y la pareja entraba–. Si te pillo en una infidelidad esta vez, desearás no haber nacido.

La amenaza en su voz acalló la aguda respuesta que se merecía, y Jillian pensó una vez más que apenas conocía a aquel hombre nuevo. Pero sólo tendría que soportarlo seis meses y luego él saldría de su vida tan rápido como lo había hecho siete años atrás.

En seguida llegó su turno y antes de que se diera cuenta estaba prometiendo fidelidad a Dax delante de un juez. Fue todo frío y burocrático, y Jillian lo agradeció. El inicio de una pesadilla de seis meses no merecía mayores alharacas.

Hacia el final de la ceremonia, no obstante, se puso nerviosa cuando Dax sacó dos anillos a petición del juez.

Rápidamente, ocultó sus manos.

–No quiero anillo –dijo.

–Claro que sí –Dax le tomó la mano y abrió con violencia sus dedos rígidos hasta lograr introducirle un hermoso anillo con un diamante de perfecta hechura.

No podía negarse sin hacer una escena delante del juez, que ya los miraba con extrañeza mientras decía las palabras finales que sellaban su destino. Dax no intentó besarla, lo que, desde su punto de vista, mostraba cierta cordura. Al firmar la licencia, le temblaron las manos.

–Conservo mi nombre –declaró tendiéndole el bolígrafo.

–Ya hablaremos de ello.

–No hay nada de qué hablar –replicó Jillian y ante el silencio de Dax, lo miró de reojo. No solía ser tan complaciente, y se preguntó qué se traía entre manos.

Salieron de los juzgados y Jillian guiñó los ojos, aturdida por el sol respladeciente. Buscó en el bolso sus gafas de sol y sintió alivio al ocultar sus ojos tras los cristales. A Dax no parecía molestarle la luz y la tomó del brazo para dirigirla hacia el aparcamiento, algo que a gusto de Jillian, empezaba a convertirse en un hábito irritante. Se sacudió para librarse.

–Manos fuera. Este anillo no te da ningún privilegio.

Dax le dedicó una mirada oscura.

–¿Te molesta tanto que te toque?

–Me resulta tan insignificante que ni me doy cuenta –respondió falsamente Jillian.

–¿Insignificante?

–Completamente.

–Bueno, entonces espero que esto también te parezca insignificante.

Jillian debió haber recordado que Dax, al igual que ella, odiaba perder en una discusión. La tomó de nuevo por el brazo salvo que esta vez la hizo girar hacia él, le pasó el brazo por la cintura, la apoyó firmemente contra su cuerpo y la besó en mitad del aparcamiento con un gesto casi violento.

Jillian se puso rígida, rechazando con toda su alma aquel beso. No quería desear a Dax. Pero al mismo tiempo que lo pensaba, un sentimiento más primitivo tomaba el mando de su cuerpo. Un cuerpo que se volvía su enemigo cuando él la tocaba, que no le pertenecía sino que pertenecía a una mujer débil y apasionada, que se estremecía de placer bajo sus manos, se pegaba a él, separando los labios para permitir su dulce, violenta invasión. Los senos de aquella otra mujer se tensaban mientras una pulsación rítmica llenaba de calor sus entrañas.

Cuando Dax se separó de ella, Jillian no pudo hacer nada salvo seguir colgando de su cuello, vencida. Él la miró con gravedad y Jillian comprendió que estaba enfadado, y que sólo mantenía el control haciendo que ella lo perdiera.

Pero le costaba respirar tanto como a ella. Si su intención era castigarla, él también había salido escaldado.

–No te quiero –dijo y las palabras arañaron su corazón–. Pero te sigo deseando y tú a mí, aunque lo niegues. Esta noche tenemos que resolverlo.

–No –su voz temblaba, pero su mirada era sincera–. Si te acercas a mí esta noche, te juro que me marcho de la ciudad. Me da igual lo que hagas, no puedes obligarme a acostarme contigo.

–No tendré que obligarte –dijo Dax con impertinente dulzura–. Ambos sabemos que en esto no hay fuerza.

–Puede que no –Jillian se alzó las gafas para mirarlo con ojos tristes–. Pero en cierto modo sí habría fuerza, puesto que no es lo que yo deseo. Tendrás que aceptar esa idea.

Los músculos de sus brazos, que aún la sujetaban, se pusieron rígidos y Jillian observó el temblor de un músculo en su mandíbula. Después la soltó, dejando escapar una risa frustrada.

–Está claro que sabes cómo echar a perder un día de boda, preciosa.

Mientras lo veía marchar hacia su coche, Jillian se llevó un dedo a los labios que aún palpitaban por los besos. Vivir con él en la misma casa iba a ser la prueba más dura de su vida.

Porque por mucho que lo negara, su corazón aún lloraba por él. Lo odiaba y lo amaba y no estaba segura de poder resistir si él se empeñaba en vencer su resistencia.

Llegó tarde al restaurante donde había quedado con sus amigas porque se quedó unos minutos en el coche, recuperándose de las emociones de la boda. Luego se retocó el maquillaje de labios y se dispuso a dar explicaciones sobre el giro de su vida.

Había sentido la tentación de mantener oculta toda su relación con Dax, pero no sabía cómo iba a arreglárselas para mentir a todo el mundo, sobre todo con una niña por medio. Se acercaba la Navidad y Christine merecía unas fiestas normales y sin sobresaltos.

Por primera vez se permitió pensar en la niña con la que iba a convivir. No había cumplido siete años y era alta para su edad. Rubia y con grandes ojos azules. Recordó que Dax había dicho que su madre se parecía a ella. Había hecho un buen trabajo. Salvo por la forma de la mandíbula y las cejas, tan parecidas a Dax, la niña hubiera pasado por suya.

No le producía mucha satisfacción saber que Dax no había logrado remplazarla.

La idea era una idiotez masculina. Jillian no se había casado ni había tenido hijos porque siempre había sabido, por instinto, que no podría haber otro Dax en su vida, y que no se conformaría con menos. Echaba de menos tener hijos, pero no pensaba enterrarse en un matrimonio sin amor sólo por el deseo de tener una familia.

Él, por otra parte...

Abrió la puerta del restaurante, dispuesta a no permitir que Dax le arruinara el día. De momento quería disfrutar con sus amigas, y contarles lo sucedido.

Frannie Ferris y Deirdre Sullivan, sus mejores amigas, ya estaban sentadas y la saludaron al verla entrar. Atravesó el restaurante lleno y las abrazó alegremente.

–Hola, hola, vamos a ver –hizo una pausa y miró ambos rostros con atención exagerada–. Parece que todo el mundo ha dormido muy bien esta noche. No veo ojeras por ningún lado.

Mientras las tres se sentaban, Frannie rió quedamente.

–Sí, al fin, todo el mundo duerme bien en la casa de los Ferris. Esa niña ha estado a punto de acabar con nosotros.

Jillian sonrió y tomó la bebida que acababan de servirle. La tercera hija de Frannie apenas tenía un año y era la niña más inquieta que había visto nunca. Una vez que aceptaron el hecho de que Brittany necesitaba llorar y gritar un par de horas al día, Frannie y su marido Jack se relajaron y dejaron de pensar que estaba enferma.

–En casa todo va bien –sonrió Dee a su vez. Su hija Maureen tenía apenas cuatro meses y dormía profundamente–. A Lee le encanta el colegio y Tommy está emocionado con empezar la guardería y no echa mucho de menos a su hermano.

–Qué bien –comentó Jillian. Sabía que Deirdre estaba preocupada con cómo se tomaría Tommy la ausencia de su hermano durante todo el día. De pronto se puso recta y anunció–: Tengo noticias impactantes. ¿Lo adivináis?

Frannie la miró con curiosidad.

–¿Cómo de impactantes?

–Muy impactantes.

Las dos mujeres parecían intrigadas.

–Has comprado otra tienda –propuso Frannie con seguridad.

–Frío, frío.

–¿Te marchas a un crucero?

–Eso no es de impacto –objetó Dee mientras Jillian negaba con la cabeza–. ¿Vendes tu casa?

–No, pero voy a alquilarla.

–¿Por qué? –Frannie parecía asombrada–. ¿Dónde vas a vivir?

Jillian sonrió y se tomó su tiempo. Dio un trago a su bebida, suspiró y reunió todo su tacto para decir:

–Es una larga historia. Pero pongamos que empieza con... esto –estiró la mano izquierda y puso el anillo al descubierto, simulando ser una mujer encantada con su nuevo regalo.

–¡Son diamantes! –exclamó Dee.

–¡No me digas! –Jillian intentó ver el lado irónico del asunto, pues no quería que sus amigas se preocuparan por ella.

–¡Es un anillo de compromiso! –dijo Frannie, más aguda, con los ojos llenos de alegría–. ¿Has conocido a alguien?

–Pues sí –explicó Jillian–. Pero no es exactamente la clase de historia que esperáis escuchar.

–Bueno, es una historia de amor –Dee suspiró, satisfecha–. Eso es lo importante.

–Pues no lo es.

–¿Qué? –Dee se puso de nuevo recta–. Por favor, Jill, cuéntanos, no entiendo nada.

–Muy bien –Jillian se puso a jugar con el anillo–. Me he casado esta mañana –ignoró las exclamaciones de sus amigas, y prosiguió–: Se llama Dax Piersall y crecimos juntos. Es el hermano mayor de Charles.

–Tu amigo que murió –dijo lentamente Frannie.

–Eso es –Jillian miró el anillo–. Charles me dejó su parte de acciones de la compañía. Dax y yo hemos unido temporalmente nuestros intereses para evitar ciertos problemas con la junta de accionistas y sacar adelante la empresa.

–¿Te has casado temporalmente con ese hombre? –Frannie parecía atónita–. Pero, ¿no era posible que trabajarais juntos sin casaros?

–No –replicó Jillian–. Es difícil de explicar, pero así es mejor –no quería contarles la triste historia de su pasado con Dax, ni reconocer que la había obligado a casarse. No tenía ganas de pasar por más humillaciones.

–¿Cuánto tiempo vas a estar casada? –preguntó Dee. Su bonito rostro expresaba una gran preocupación–. ¿Y dónde vas a vivir? –Me traslado a casa de Dax y hemos acordado seis meses de matrimonio –giró de nuevo el anillo en su dedo, procurando aligerar el ambiente–. No sé si puedo quedarme con el diamante cuando todo esto termine.

–Nos ocultas algo –la acusó Frannie–. ¿Qué es lo que no nos has contado?

–Un montón de detalles aburridos. Es algo bastante simple, un mero acuerdo comercial. Oh, olvidaba decir que Dax tiene una hija, así que voy a ser madrastra.

–Oh, vaya, la trama se complica –exclamó Dee–. ¿Y cuántos años tiene?

–Es un poco mayor que Lee. Debe andar por el mismo curso.

–¿Dónde te has casado?

Jillian comprendió lo que pensaba su amiga. Frrannie tenía una tienda de trajes de novia y hacía diseños y debía estar ofendida porque su amiga no la hubiera consultado.

–Fuimos al juzgado hace unas dos horas –dijo rápidamente–. He ido vestida de diario porque no era más que un trámite. Ni siquiera había testigos.

–Un acuerdo comercial –repitió Dee dulcemente.

–Eso es –Jillian alzó su copa–. Dentro de seis meses, seré libre de nuevo. Y con suerte, rica –se inclinó a palmotear la mano de Frannie–. Te prometo que si alguna vez me caso de verdad, tú te ocuparás de todo lo relativo al vestuario.

Frannie sonrió con ironía.

–No sé por qué lo dudo, viniendo de una mujer que hace de la soltería un sacerdocio.

–Como debe ser –sonrió Jillian y adelantó su copa–. ¿Brindamos por mi estado civil temporal?

Las tres brindaron, aunque Jillian no pudo evitar la desagradable sensación de que no había logrado engañar a sus amigas con su frívolo relato.

Capítulo Cinco

Dax estaba parado ante la ventana de su despacho mirando la carretera que llevaba a la casa. Le parecía imposible que Jillian fuera realmente a presentarse.

Cuando le dijo que necesitaba poner orden en sus cosas antes de trasladarse, Dax hubiera jurado, a juzgar por su tono combativo, que esperaba que le llevara la contraria. Pero él le había dado una semana de plazo, haciéndole prometer que haría la mudanza el siguiente sábado.

Aunque no era realmente una mudanza. Se había negado a abandonar su casa, empeñada en buscar un alquiler de seis meses. Lo que le recordó el plazo estúpido que había acordado cuando creyó que se iba a echar atrás. Había tenido que utilizar toda su fuerza para convencerla, incluido un vil chantaje y no dejaba de recordar la mirada de odio que su maniobra le había merecido.

¿Acaso no sabía Jillian que él nunca cumpliría una amenaza así?

Su hostilidad empezaba a afectarlo. Desde la noche del encuentro con su hija ,la noche en que había visto a una mujer sufriendo bajo la armadura de hierro de Jillian, pensaba cada vez menos en las diferentes maneras de romperle el cuello.

Y después de la forma en que había reaccionado en el restaurante, sabía perfectamente que Jillian estaba mortalmente herida. Lo que no acababa de entender era el porqué.

De momento.

Pero lo que más lo preocupaba, y así había sido

desde el primer instante, era su impresionante atractivo físico. Dax estaba harto de luchar contra el deseo, harto de simular que no ansiaba tocarla, saborearla, abrazarla. No necesitaba quererla para desearla. El deseo era la única definición correcta de la corriente de atracción que lo empujaba y desbordaba cada vez que la tenía cerca. Y cuando viviera con él, nada los detendría. No, se había cansado de luchar.

Iba a poseerla.

Por supuesto que iba a respetar su promesa de darle un cuarto propio. Pero nada podría impedir que acabara en su cama.

Tres camionetas blancas giraron en ese momento en la curva y avanzaron hacia la casa. Dax se separó rápidamente de la ventana, por si Jillian lo veía y pensaba, erróneamente, que la estaba esperando.

Desde su mesa escuchó las puertas al abrirse y cerrarse y las voces de las mujeres junto con varias voces masculinas. Intentó mirar unos papeles, pero la puerta estaba abierta y la voz de Jillian llegó hasta él junto con el jaleo armado por su tropa de mudanzas.

Captó un reflejo de Jillian que llevaba algo rosa y muy escaso, y luego la oyó subir las escaleras.

–Por aquí, chicos –llamó y los dirigió al cuarto que le había correspondido.

Un hombre rubio y muy grande pasó ante la puerta, cargado de maletas.

–Explícame de nuevo por qué debo hacer esto. Es tu amiga.

Una mujer de pelo corto y piernas que merecían una mirada más atenta siguió al gigante, diciendo:

–¿Ah, sí? Te recordaré que ella se apiadó de ti cuando no lo merecías. ¡De no ser por ella no hubieras vuelto a verme!

Ambos rieron. Y dos hombres más aparecieron llevando cajas y bolsas. Jillian pasó de nuevo.

–¿Dónde están esos fotógrafos de revistas del corazón cuando una los necesita? –preguntó al aire–. Ya puedo leerlo: «Boda de novelista de éxito destruida por rubia impresionante».

–¿Qué te parece «Autor mediocre asesinado por su mujer»? –dijo una mujer morena y guapa al pasar ante la puerta.

Ambas rieron y un hombre fuera del campo de visión comentó:

–Oye, eso me gusta.

Curioso por entender de qué hablaban y quién estaba en su casa, Dax no aguantó más y salió al vestíbulo.

–Hombre –dijo Jillian señalándole un baúl inmenso–. Llegas a tiempo para subir esto.

Podía haberse negado, pero sentía curiosidad, así que alzó el baúl con dificultad y empezó a subir. Cuatro hombres descendían y le dedicaron miradas de interés. Todos eran enormes, morenos y jóvenes.

Logró depositar el baúl junto al resto de los bultos y cuando volvió a bajar, fue consciente de que muchos ojos lo examinaban.

–Hola –el hombre rubio que le tendía la mano era aún más grande visto de cerca y no le hizo gracia poner su palma en aquella enormidad. Pero se arriesgó a perder el brazo y lo saludó.

–Hola –dijo, alegrándose de conservar sus dedos–. Soy Dax Piersall, el marido de Jillian –añadió, por si las dudas.

–Jack Ferris –dijo el hombre mirándolo desde su altura–. Y esta es mi mujer, Frannie.

–Hola –apretó la mano de Frannie con mayor dulzura que la de su marido. Era la propietaria de las hermosas piernas que había visto y era una mujer de belleza dulce y morena–. ¿He oído hace unos minutos que Jillian es amiga tuya?

Frannie asintió y le dedicó una sonrisa a medias que le hizo comprender que todos se sentían los protectores de Jillian. La idea de que Jillian precisara protección lo hizo sonreír ampliamente. Pero de pronto recordó el dolor que le había causado en dos ocasiones seguidas y su sonrisa se borró.

Se volvió hacia la segunda pareja, alargando la mano.

—Hola, soy Dax, ¿sois amigos de Jillian?

El hombre dio un paso hacia él y su apretón le pareció más civilizado que el de Jack.

—Ronan Sullivan. Amigo es mucho decir. Jillian sólo me tolera. Mi mujer, Deirdre, es la amiga.

—Me alegra conocerte, Dax —la mujer que se adelantó era una morena muy atractiva, con los ojos más verdes que había visto en su vida y una aire encantadoramente tímido. Si a su dulzura y belleza se añadía un cuerpo impresionante y una melena de bucles negros a duras penas recogidos en un moño, era fácil saber por qué su marido no soltaba su mano.

Y entonces Jillian entró en la sala y no le costó nada borrar cualquier otro pensamiento. Llevaba unos pantalones ajustados y una camiseta minúscula, color rosa, junto con calcetines y unas zapatillas de deporte muy gastadas. No la había visto con tan poca ropa desde su regreso y la visión de sus redondas y delgadas formas lo dejó sin habla.

Tenía un cuerpo impresionante y una piel deslumbrante. Ronan comentó:

—Jill, quiero agradecerte ese atuendo que llevas hoy. Lo digo de corazón.

Jack empezó a reír.

Jillian sonrió.

—Me lo he puesto por ti, tesoro.

Dax tuvo que resistir el impulso de ponerse en medio y tapar con su cuerpo la figura expuesta de su esposa.

—¿Se lo has dicho? —preguntó Jillian a Ronan señalando a Dax.

—¿Decirle qué?

Jillian hizo una mueca de disgusto.

—Sé que no eres modesto, así que debe ser descuido –y volviéndose hacia Dax–. Ronan es R.A. Sullivan.

¡R.A. Sullivan! Reconoció al instante el nombre del afamado novelista.

–¿En serio? –comentó–. Siempre te he leído. Tengo una colección de libros tuyos.

–Más dinero para Ronan –dijo Jack–. Yo espero a comprarlos cuando sale la edición de bolsillo.

Ronan dedicó una mirada de desprecio a su amigo.

–Rata.

Jillian volvió a mirar a Dax y éste vio en sus ojos una vacilación que le sorprendió.

–¿Todo el mundo ha sido presentado?

Dax asintió.

–Todos. ¿Te quedan muchas maletas?

Jack hizo una mueca.

–No lo sabes bien. Pero si no nos movemos a lo mejor los otros tipos lo traerán todo.

–Son miembros del equipo de fútbol de Jack –informó Frannie–. Los ha obligado a venir a ayudarnos.

Dax miró a Jillian:

–¿Quedan cosas en la casa?

Jillian dijo que no. La vacilación había desaparecido y volvía a mostrar su aire de confianza en sí misma.

–No. Seis meses y salgo de aquí, colega.

Un silencio espeso se hizo en el cuarto, como si todos estuvieran esperando a su reacción, menos Jillian, que sonreía con sorna.

La hubiera sacado de allí para una pelea privada, pero temía tocar aquella piel brillante. Así que se encogió de hombros, mirando al grupo de amigos.

–Se pone así cuando está nerviosa y yo la pongo nerviosa.

Todos sonrieron, pero su frase surtió el efecto esperado en Jillian, la rabia inmediata provocada por sus palabras. Y cuando abrió la boca, para insultarlo sin duda, Dax añadió:

–Venga, insúltame, preciosa. Ya me compensarás más tarde... cuando estemos a solas.

Aquellos ojos azules disparaban flechas de fuego. Jillian lo miró, se tragó sus palabras y salió del cuarto.

–Oye, preciosa, espera –llamó Jack, saliendo tras ella con Ronan detrás–. No me has dicho dónde ponemos la dichosa mesa.

Un silencio incómodo siguió a su partida.

Dax se estaba felicitando a sí mismo por haber ganado la pequeña lucha cuando Deirdre se puso ante él, claramente nerviosa, pero llena de determinación.

–Jillian nos dijo que esto era un acuerdo comercial.

Dax asintió.

–Es una forma de verlo.

–Me gustaría oír cómo lo ves tú –preguntó cruzando los brazos.

Dax estaba sorprendido. ¿Quién hubiera pensado que aquella dulce morenita iba a defender así a su amiga? Dijo con suavidad:

–Eso nos concierne a mi mujer y a mí.

–Cuando Jillian nos lo contó, todo esto de la boda parecía una maniobra de accionistas –murmuró Frannie, poniéndose junto a su amiga–. Pero no parece tan sencillo viéndoos juntos.

Dax la miró sin comprometerse.

–Es que nos conocemos desde la infancia.

–Jill no es tan fuerte como parece –le informó Deirdre–. No sé por qué has vuelto ni por qué motivo ella va a vivir contigo, pero por favor, no la hagas sufrir.

–No vuelvas a hacerlo –añadió Frannie.

Dax alzó la ceja preguntándose que les habría contado Jillian a sus amigas.

–¿Quién dice que yo la he hecho sufrir?

Frannie no sonrió.

–Nadie ha dicho nada. Pero si no fuiste tú, alguien le hizo mucho daño en el pasado. ¿Puedes decir que no fuiste tú?

–Mira –dijo Dax que empezaba a sentirse como el villano de la historia–. Jillian y yo tenemos una larga historia común y algunas cosas que arreglar. No pienso... –se detuvo y pensó que no quería mentir. Había vuelto para hacerla sufrir. Y lo había logrado, pero al hacerlo, todo había vuelto a empezar– Le he causado daño –dijo lentamente–. Y quizás vuelva a hacerlo, sin querer. Pero no lo haré a propósito –añadió mostrando sus manos–. Eso es lo máximo que puedo prometer.

–Agradecería que no me pongas en ridículo delante de mis amigos –Jillian, estaba en el umbral y lo miraba con gesto agresivo. Llevaba veinticuatro horas en la casa y no había hablado con Dax desde la pequeña batalla de la mudanza.

Dax estaba cómodamente instalado en un sofá del cuarto de estar, viendo un partido de baloncesto en la televisión. La miró con irritación.

–Pues no me provoques.

Jillian estuvo a punto de replicar, pero vio que Christine jugaba en un rincón del cuarto y abandonó el tono guerrero.

–¿Qué queréis cenar hoy? ¿Se supone que debo cocinar cuando la señora Bowley libra?

Dax dejó escapar el aire con gesto de exagerada resignación.

–Claro que no. Puedes cocinar si te da la gana, pero en general la señora Bowley nos deja algo preparado.

Christine estaba sentada en el suelo rodeada de muñecas y trajes para vestirlas. No había perdido una sílaba de la conversación.

–Oh, papi, hay pescado. No me gusta –saltó sobre el regazo de Dax para rogar–. ¿No podemos pedir una pizza?

Dax se echó a reír y le hizo cosquillas hasta que la pequeña se retorció.

–Ni hablar. A mí me gusta el atún.

–Pues a mí no me apetece –Jillian se dio la vuelta para salir. Se sentía estúpida y vil, sintiendo celos de una niña, pero la hería ver la adoración en los ojos de Christine y la ternura en los de su padre–. Voy a estudiar qué otra cosa puedo preparar. Congelaré el atún, y cuando no estemos ni Christine ni yo, puedes comértelo.

Fue a la cocina y empezó a abrir puertas, analizando las posibilidades. Los tomates en la nevera le dieron la idea de hacer salsa para espaguetis, así que se puso a pelarlos, junto con la cebolla y el pimiento.

Estaba cortando cebolla cuando Christine se presentó en la cocina. La niña le dedicó una mirada curiosa y luego tomó asiento en un rincón, observándola.

Una vez cortado un pimiento verde lo puso a freír, junto con la cebolla. Christine se acercó a la cocina y observó los preparativos.

–¿Qué es?

–Salsa para espaguetis –echó los tomates en la sartén y la cocina se llenó de aroma.

–Me gusta mucho la salsa de tomate –la informó Christine.

Jillian no contestó, intentando retener su ternura y su rabia. Aquella niña hacía renacer un dolor nunca superado.

–Papá me ha dicho que vas a ser mi madrastra –Christine evaluó con detenimiento el efecto de sus palabras.

–Supongo que sí –dijo Jillian sin inmutarse.

–¿Debo llamarte madrastra?

Jillian tuvo que reír.

–No, o me acordaré siempre de Blancanieves. Llámame Jill, si quieres. Así me llaman mis amigos.

Christine guardó silencio, pero sus pequeñas manos no paraban de hacer nudos en el cabello sintético de su muñeca.

–No tengo amigos –dijo.

Jillian no quería sentir nada por aquella niña, pero la soledad de sus palabras le rompió el corazón. Dejó el cuchillo y se arrodilló frente a la pequeña.

Christine dio un paso atrás, asustada, pero Jillian simuló no darse cuenta.

–El lunes te llevaré a visitar tu nuevo colegio. Apuesto a que en nada de tiempo, tendrás nuevos amigos –sonrió, deseando que la cautela desapareciera de aquellos grandes ojos–. ¿Te ha hablado papá de mi familia?

Christine negó con la cabeza. Tenía la muñeca apretada contra su pecho.

–Pues ahora tienes una tía y un tío, y varios primos –se detuvo. ¿Era buena idea que la niña conociera a su familia? ¿Le había dicho Dax a Christine que su madrastra duraría seis meses? Lo dudaba.

Pero Christine la miraba con interés.

–¿Primos?

–Uh uh –Jillian se puso en pie y tomó la cuchara de madera para remover la salsa–. Jenny tiene cuatro años. Cumple en noviembre, un mes más tarde que tú. Y tiene un nuevo hermanito que es un bebé. Se llama John Benjamin y lo llamamos JB.

–¿Puedo conocerlos?

–Claro. Los invitaremos a cenar la próxima semana.

–¿Qué vas a hacer ahora? –Christine miraba la salsa, de pronto olvidada de las relaciones familiares.

–Pues voy a dejar que se haga la salsa y mientras tanto vamos a preparar albondigas de carne para añadir. ¿Te gustan?

Christine asintió.

–Perfecto. Hay carne picada.

–¿Puedo ayudar?

Jillian la miró. La niña miraba la cabeza de su muñeca, preparada para que su pregunta fuera ignorada.

–Claro –dijo–. Cuánto antes aprendas a cocinar, mejor para mí.

Christine sonrió con torpeza, una sonrisa que indicaba que la niña deseaba reír a carcajadas pero que se sentía cohibida. Preguntándose qué habría hecho exactamente su madre para que Christine fuera una niña tan asustadiza, Jillian decidió interrogar a Dax.

–No me habías dicho que sabías cocinar –la voz profunda la sobresaltó.

–No lo preguntaste –consciente de la presencia de Christine, Jillian optó por un tono ligero y bromista.

–Tu cocina tenía pinta de no usarse nunca –siguió Dax en tono igualmente cordial.

Jillian abrió la nevera para sacar la carne picada.

–Es así. Como muchas veces fuera –así estaba bien. Que imaginara que cenaba con un hombre diferente cada noche–. Pero el hecho de que no cocine no implica que no pueda hacerlo. En realidad soy una cocinera bastante decente.

–Supongo que cocinar para uno solo no es divertido –había una leve tensión en su voz.

Perfecto. Si quería empezar de nuevo la guerra, ella estaba dispuesta.

–No lo sé, pues rara vez cocino para mí –dijo–. Suelo preparar cenas para dos.

–Pues a partir de ahora vas a preparar únicamente cenas familiares.

–Ya veo que necesitas recordármelo a cada rato –sonrió Jillian con impertinencia.

–No me provoques, Jillian.

–¿Quién provoca? Puedes largarte de la cocina en cuanto...

–¡Parad! –la súplica infantil surgió de un extremo

de la cocina, y ambos se volvieron hacia una Christine que se había refugiado contra un mueble como si quisiera desaparecer.

–Cielo, no te preocupes. Papá y Jillian... –Pero Dax no tuvo ocasión de terminar la frase.

Con la cara contraída en un gesto de angustia, la niña echó a correr y salió de la cocina, subiendo las escaleras entre sollozos.

Jillian se volvió hacia Dax.

–Este asunto de la convivencia nos va a volver locos a todos –estaba deseando correr a consolar a la niña, y tuvo que respirar para no hacerlo. No era hija suya, tenía que recordarlo.

Dax se sentó en uno de los taburetes altos y suspiró.

–Normalmente no es así. Pero supongo que creyó que nos estábamos peleando y se asustó. El marido de Libby le gritó mucho en los últimos años.

–¿Gritaba a la niña? –lo miró, sin poder evitar la simpatía–. Dios mío. Podrías habérmelo dicho y hubiera tenido más cuidado.

–Es verdad, lo siento –el rostro de Dax era un retrato de la tristeza y tenía los hombros caídos–. Voy a subir a verla.

–No, voy a hablar yo con ella. Ya sabe que la quieres, pero necesita conocerme más –cuando Dax la miró a los ojos, no supo decir qué la sorprendió más, si sus propias palabras, o la mirada esperanzada del hombre.

–¿Jillian?

Ya estaba en la puerta y se volvió a mirarlo.

–Perdona –la voz de Dax era sincera–. No debí empezar una pelea.

–Yo también lo siento –dijo–. Te prometo que no subiré la voz si está ella delante. Tendremos que guardarnos nuestras peleas para cuando estemos solos.

Dax sonrió comprensivamente.

–No me preocupa nada tu relación con Christine, ¿sabes? Siempre he sabido que nunca le harías daño.

Jillian subió las escaleras sintiendo un calor en el corazón que le daba alas a sus pies. Aquel había sido el halago más hermoso que había recibido de Dax.

El siguiente martes era la fecha fijada para la reunión de la junta que dirigía Industrias Piersall. Dax llegó pronto y fue a su despacho a consultar sus notas. Se había pasado toda la semana previa trabajando a medias en casa y en la oficina, para ir conociendo al personal que trabajaba para su hermano, ponerse al día en los procedimientos, comprobar el inventario y familiarizarse con el proceso industrial de fabricación de vigas de acero.

Dax había crecido allí y siempre había pensado en hacerse un día cargo del negocio, pero su padre murió cuando él tenía diecisiete años y tuvo que seguir estudiando, dejando la empresa en manos de un gerente. Mientras se formaba acariciaba la idea de regresar y dirigir la empresa, además de casarse con Jillian.

Pero su novia y su hermano lo habían traicionado y tuvo que salir de Butler County para no volver.

Por lo que podía comprobar, Charles había sido más un presidente honorario que un verdedero gerente, dejando la mayor parte de las decisiones a su equipo de directivos y empleados. Había leído las actas de las juntas de los últimos tres años y parecía que Charles había faltado a la mayor parte.

Pero él no tenía la menor intención de ser un presidente de papel.

La puerta de la sala de reuniones estaba abierta y entró con paso firme. Una docena de hombres y una mujer de pelo rubio estaban sentados en la mesa. Todos se pusieron en pie y comenzaron las presentaciones. Roger Wingerd estaba allí, con el montón de informes que pensaba repartir apilados ante él. Algunos de los hombres eran accionistas de toda la vida y Dax los conocía y uno de ellos, Gerard Kelvey había sido amigo de su padre. Otros dos eran jóvenes y tenían un aspecto ambicioso. También conocía a la mujer. El marido de Naomi Stell tenía acciones y desde su muerte, Naomi se había hecho cargo de sus asuntos.

Poco a poco fueron callando las voces y saludos y todos se sentaron.

Y entonces se abrió la puerta.

Todos los ojos se volvieron automáticamente hacia ésta, y nadie apartó la vista al ver a Jillian.

La mujer hizo una pausa e inconscientemente Dax contuvo el aliento, expulsando el aire cuando avanzó. Llevaba un traje de chaqueta azul marino que le sentaba a la perfección, logrando un aspecto audaz sin mostrar nada que no fuera perfectamente decente. Sin duda la falda era un poco más corta de lo apropiado para una reunión de negocios, pero no tenía nada que objetar. Los tacones altos hacían que sus piernas parecieran aún más largas y el ritmo que su paso imprimía a sus caderas dejaba sin habla. Tenía el pelo artísticamente revuelto, un estilo que podía parecer demasiado casual, pero que en Jillian era perfectamente natural y terriblemente sexy.

Sus ojos brillaron al mirar a los reunidos y sus bonitos labios se separaron en una sonrisa que dejó al descubierto su perfecta dentadura. Todos se levantaron como un solo hombre, él incluido.

Dax fue el primero en recuperarse. Dio un paso hacia ella y separó la silla vacía a su lado. Cuando su cerebro empezó a funcionar, se dio cuenta de que su presencia probablemente era una amenaza para él. Si era así, quería tenerla cerca.

–¡Señora Kerr! ¡Qué placer inesperado! –exclamó el mayor de los presentes, que ejercía de moderador, con una sonrisa encantada mientras Jillian tomaba asiento. Y como si de pronto recordara dónde estaba, añadió–: Siempre es un placer verla, claro está. ¿Podemos ayudarla en algo?

Jillian hizo un gesto vago con la mano.

–Ustedes vayan con lo suyo e ignoren mi presencia. Sólo he venido a mirar y a aprender –esperaba la sorpresa que reflejaron todos los rostros, pues explicó–: Charles me dejó su parte de las acciones, así que asistiré a las juntas a partir de ahora.

Hubo una tensión repentina, eléctrica, en el aire. El hombre que había hablado se aclaró la garganta, miró de refilón a Roger Wingerd y dijo:

–Nos... nos dieron a entender que la mayoría de las acciones permanecería en la familia Piersall.

–Y así es –Dax habló intentando no mostrar su ira. Maldita Jillian, tenía que haber previsto que haría algo así–. Jillian es ahora la señora Piersall. Nos casamos la semana pasada.

–Y claro está, Dax sabía que yo quería ser una parte activa de la compañía –añadió Jillian con gracia, dedicándole una sonrisa a su marido, cuya nota irónica nadie pudo apreciar.

Dax se resistió a tomarle la mano y aplastarla hasta que pidiera gracia, pero mientras pensaba una réplica, el moderador habló:

–Pues, permítanme que en nombre de todos los felicite. Podemos empezar.

Dax estuvo sobresaltado toda la reunión, preguntándose qué estaría planeando Jillian. En algunas ocasiones, hizo preguntas, preguntas inteligentes y oportunas, asintió en las respuestas, y escribió algunas notas.

Cuando le tocó el turno, Dax se levantó y se dispuso a explicar su propósito. Había deseado aquella ocasión y procuró sacarle partido. Habló de su preocupación sobre la fragilidad financiera de la compañía, planteó sus ideas, respondió a las preguntas de algunos de los accionistas, ignorando a Roger, que parecía ansioso al darse cuenta de que su trabajo peligraba.

–Pero no podemos echar a gente –objetó Naomi.

–No tengo la intención de echar a nadie –replicó Dax–. Pero debe haber cambios entre la dirección y los gerentes. Tenemos una estructura demasiado jerárquica y cargada. Me gustaría que la junta votara para permitirme adoptar el papel de presidente, el mismo que mi abuelo, mi padre y mi hermano han tenido en la compañía –para Dax aquello era una formalidad puesto que él, junto con Jillian, tenía el mando por número de acciones.

Y de pronto sintió una terrible sospecha. Miró a Jillian, que escuchaba con atención sus palabras. ¿Acaso pensaba jugar con su voto?

Mientras todos comenzaban a comentar y murmurar, se sentó y dio un puntapié a Jillian bajo la mesa

Jillian se volvió y le dedicó una mirada paciente que confirmó sus peores sospechas.

–Supongo que yo voto en nombre de la familia –dijo.

Jillian vaciló como si la idea la sorprendiera.

–Oh, no sé –dijo–. Charles me confió sus acciones y creo que pretendía que yo fuera activa y tomara mis propias decisiones.

–¡Maldita sea, Jillian! –susurró Dax, a punto de dar un puñetazo en la mesa–. Si no arreglamos las cosas, no habrá más compañía. Tienes que darme tu voto.

–Dax –la joven le palmeó la mano–, haré lo que quiera –hizo una pausa y dedicó una mirada llena de sorna a su marido. Luego volvió a hablar–: Pero si te tranquiliza, creo que estoy de acuerdo contigo. Piersall necesita ahora un líder fuerte y con carácter –sonrió–... y creo que tú reunes esas cualidades.

Dax giró la mano para tomar la de Jillian y apretarla suavemente mientras la tensión lo abandonaba.

—Gracias —dijo.

Cuando votaron, Dax comprobó con agrado que el ochenta por ciento de los votos lo respaldaban. Naomi Stell votó contra él y también lo hizo, para su sopresa, Gerard Kelvey.

Pero mientras se despedían y acompañaba a Jillian, no pudo evitar sentir cierto orgullo y alegría. Ella lo había apoyado. Confiaba en su juicio y le había dado su respaldo.

Su alegría desapareció al recordar el reproche de Jillian, tan repetido, de que él nunca le había otorgado a ella similar confianza.

Capítulo Seis

Pasó septiembre y Dax se sintió aliviado al ver que Christine se iba adaptando. Le gustaba el colegio, afortunadamente, y tenía amigos. Le parecía que cada vez que volvía a casa alguien estaba pasando a buscar a la niña o dejando a una amiguita para que jugara con ella.

También parecía que Jillian se había adaptado, desde su llegada dos semanas antes. Pasaba casi todas las tardes con Christine. Por las mañanas, se marchaba nada más despertar a la niña y después de arreglarle el pelo, dejando que Dax le diera el desayuno y la llevara al colegio.

El acuerdo funcionaba. El pelo de su hija había sido un trastorno continuo. Christine se negaba a cortárselo y Dax no se había atrevido a contrariarla, pero era totalmente incapaz de hacer trenzas o moños. Hasta la llegada de Jillian, la niña llevaba el pelo suelto y lleno de nudos. Ahora, cada mañana Jillian inventaba un nuevo peinado y le ponía lazos y moños, de acuerdo con la ropa que pensara llevar.

Pero Jillian casi no le había dirigido la palabra en la última semana. Dax sospechaba que lo evitaba a propósito.

Tres días por semana, Jillian se marchaba a las siete y media para ir a gimnasia, y después iba directamente al trabajo. El resto de los días, se negaba a desayunar con él, tomaba un café al vuelo y saltaba en su coche rojo, dejándolo con un sentimiento de deseo y frustración que iba a volverlo loco.

Lo único que le gustaba de la situación era que

parecía llevarse muy bien con Christine. Unas noches atrás había seguido el sonido de unas risas hasta el cuarto de Jillian cuya puerta abierta dejaba ver a Jillian tumbada en la cama, contemplando un desfile de modelos ideado por Christine.

De esta manera llegó el fin de semana y Dax decidió que era hora de hacer algo.

–Quiero hablar contigo –dijo cuando la vio bajar las escaleras.

La mujer hizo una mueca y replicó:

–La sola idea me hace encanecer.

Dax sonrió ante la imagen.

–¿Tú? Nunca. Morirás rubia aunque sea de bote.

Jillian pareció relajarse lo suficiente como para dedicarle una sonrisa.

–Tienes razón, supongo –miró el reloj–. Tengo que marcharme. ¿Qué querías?

«A ti». Pero sólo dijo:

–Un par de cosas. Voy a invitar a unos amigos a cenar el próximo sábado. ¿Te viene bien?

Jillian lo miró con atención.

–¿Ya los has invitado, verdad? ¿Qué más da si me viene bien o mal?

Dax se llevó las manos a la cabeza en un gesto de rendición.

–Culpable. Ya los he invitado. Pero si te molesta, los llevo al club.

Jillian hizo un gesto con la mano.

–Olvídalo. ¿Acaso no me contrataste para hacer de esposa? Me ocuparé de ello. Entérate si hay alguno alérgico al marisco y dime quiénes son antes del sábado.

–Gracias –la miró, enfadado sin saber por qué–. El cumpleaños de Christine es el trece.

–¿El trece de octubre? ¿Dentro de dos semanas?

–Sí. Me preguntaba si me ayudarías a preparar un día divertido para ella y a comprarle los regalos.

Jillian vaciló y luego tomó una decisión.

–Claro. Podemos hablar de ello esta noche. Cuando Chrissy se acueste, haremos planes.

–Gracias, te lo agradezco de verdad.

Hubo un silencio molesto. Jillian llevaba pantalones ajustados para hacer gimnasia y una camiseta que marcaba un escote del que no podía apartar los ojos. La mujer se movió, cambiando de sitio el bolso, y la carne se movió también.

Luego alzó las cejas.

–¿Algo más?

¿Algo más? El calor ascendía por su nuca. Cierto, se suponía que estaban hablando.

–Es... sobre la empresa. He encontrado cosas extrañas en los libros contables. Si los traigo esta noche a casa, ¿te importaría echarles un vistazo y darme tu opinión?

–No me importa. ¿Qué te parece si cenamos juntos y hablamos de todo?

–Me encantaría. Nuestra primera cena de familia –dijo Dax, carraspeando para borrar la mirada de emoción que había subido a sus ojos. ¿Era poco masculino sentir que la idea de volver del trabajo y encontrar a una mujer y a una hija era fascinante? Le daba igual que así fuera.

Jillian miró de nuevo su reloj.

–Me marcho. Nos vemos esta noche.

Abrió la puerta y salió y en ese momento, Christine apareció a su lado.

–Papá, ¿qué pasa?

La niña guiñaba los ojos, deslumbrada por el sol de la mañana.

Dax se dio la vuelta y fue hacia ella.

–Nada –dijo, sonriendo ante su pelo revuelto y la enorme camiseta que llevaba. Leyó las letras escritas bajo un sapo enorme: «Tienes que besar a un montón de ranas para encontrar al príncipe»–. Bonita camiseta.

Christine miró hacia abajo.

–Es de Jillian.

–¿Y por qué la llevas tú?

–Le dije que me gustaba y me la regaló –Christine bostezó–. Es demasiado pronto, me vuelvo a dormir.

–¿Te llevo? –dijo Dax extendiendo los brazos.

–¡Sí!

Se inclinó hacia la niña y la tomó en brazos. Esta lo rodeó con piernas y brazos y apoyó la cabeza en su hombro. Dax besó el pelo revuelto.

–Te quiero, hija.

–Yo también, papi.

Luego preguntó:

–¿Me ha parecido oír que Jillian te llama Chrissy?

–Sí. Como mami cuando era pequeña. Le dije que podía llamarme así.

Dejó a la niña en la cama y la tapó, saliendo sin hacer ruido del cuarto. Fuera, se llevó la mano al corazón, lleno de dolor. Christine no dejaba de echar de menos a su madre. Si Jillian se marchaba, la pequeña iba a sufrir una nueva decepción.

Y no iba a ser la única.

La pequeña tenía una invitación para ir a un parque de atracciones con la familia de una amiga. Tras dejarla en la casa, se puso a trabajar en las cuentas. Salvar Piersall de la quiebra era un trabajo absorbente, y cada vez se ocupaba menos de su negocio de Atlanta. «Si me ofrecen lo suficiente», se dijo, «vendo la maldita compañía de ataúdes y dejo de volverme loco».

Y de pronto, reflexionó sobre su propia decisión: ¿de verás estaba pensando en vender su negocio en Atlanta? ¿E instalarse para siempre en su ciudad? ¿En su hogar? Se preguntó cuándo había empezado a considerar de nuevo Butler County como su hogar.

Jillian cumplió con su palabra, y se reunió con él para la cena. Para su tranquilidad, todo fue muy bien entre ellos. No hubo pullas ni sobreentendidos. De no ser por la reacción de su cuerpo ante su esposa, la velada hubiera sido incluso relajante.

Jillian vestía una camiseta y pantalones cortos. La camiseta era enorme y en otra mujer hubiera resultado poco sexy. Pero no en Jillian.

En Jillian... oh, señor. La tela estaba gastada de tantos lavados y se pegaba a sus pechos, revelando la forma deliciosa con cada gesto. Y los pantalones eran... cortos. Apenas sobresalían bajo la camiseta y creaban la impresión de que no llevaba nada debajo de ésta.

Jillian podía ser una bruja sin sentimientos y probablemente él estaba loco por dejarse seducir de nuevo por ella, pero no podía negar que era feliz al verla en su casa. Apenas podía concentrarse en el delicioso guiso de pollo que había preparado la señora Bowley.

Jillian estaba contando una historia graciosa que había sucedido en la tienda de juguetes y se obligó a escuchar. Christine también charlaba sin parar de su día en el parque y de sus nuevos amigos. Jillian le respondía con tanta atención, que Dax comprendió que llevaba años sin escuchar realmente a su hija. Se sintió culpable por haber esperado a una tercera persona para darse cuenta.

Pero la culpa podía llenar toda su vida si la dejaba. Era más útil remediar lo hecho que complacerse en el pasado.

Terminaron de comer y todos recogieron los platos. Mientras Jillian llenaba el lavaplatos, Dax acarició el pelo de Christine y comentó:

—Ha sido estupendo. A ver si vengo más a menudo a cenar con mis chicas.

El rostro de Christine se iluminó al oírlo.

—¿En serio, papá? Sería genial.

De pronto un leve pitido los hizo callar y Christine sacó de su cinturón un pequeño disco mientras Dax preguntaba:

—¿Qué es eso?

Christine estaba muy concentrada en apretar una

serie de botones sobre la esfera y Jillian, que estaba de cuclillas, alzó la vista.

–Es un cachorro virtual.

–¿Un qué?

–Un cachorro vitual, la última moda japonesa. Es como un juego que dura un tiempo.

–¿Estás de broma?

–No –sonrió Jillian–. Enséñale, Chrissy.

Durante diez minutos, lo supo todo sobre los rigores del cuidado del pequeño monstruo informático. Christine le explicó que su mascota era un gatito y que tenía que jugar con él, alimentarlo, bañarlo y educarlo.

Dax no daba crédito a sus oídos.

–Es como tener un hijo. Tienes que estar siempre atento –comentó.

Christine asintió.

–El mío duerme toda la noche, pero se despierta hacia las siete, con hambre y algo triste. Tengo que jugar un rato para animarlo.

–Esto es lo más loco que oído en mi vida –comentó Dax, atónito–. Nunca tuvimos una cosa así cuando yo era niño.

–Pero tenías coches y muñecos de Superman –le recordó Jillian riendo.

–Y tú jugabas con muñecas aburridas hasta que se les caía el pelo de puro viejas.

–¡No eran aburridas! –Jillian le tiró un trapo a la cara–. Y ver cómo tu muñeca pierde el pelo es una experiencia traumática. Me marcó para siempre.

–Ya, por eso fuiste tan tierna con Barbie y Ken. Aún recuerdo tu cara cuando tu madre te explicó que la pierna que le habías cortado a Barbie no sanaría.

–Sabéis mucho el uno del otro –comentó Christine.

Un silencio incómodo cayó sobre ellos.

Por fin, Jillian dijo:

–Es así, ¿verdad?

Christine no tuvo conciencia de la repentina tensión entre los adultos. De pronto exclamó:

–Tengo que hacer mis ejercicios. Odio tener tareas –y salió corriendo de la cocina.

Jillian la miró salir:

–Y después a la cama. Has tenido un gran día.

Un gemido fue la respuesta y oyeron los pasos rápidos en las escaleras.

Luego se hizo de nuevo el silencio.

–Bueno –dijo Jillian mirando alrededor–. Creo que está más o menos en orden. No quiero que la señora Bowley se enfade conmigo el lunes. Voy a ver si Christine necesita que la ayude...

–Espera, Jillian.

La antigua ternura vibró entre ellos, y Jillian se volvió a mirarlo. Luego apartó la vista, turbada.

–¿Qué?

–¿Sabes que acabo de darme cuenta de lo que tanto he echado de menos viviendo fuera?

Ella lo miró de nuevo, con dureza.

–¿Qué?

–Raíces. Recuerdos y personas para compartirlos.

Los ojos de Jillian eran enormes, y azules como un cielo de verano, llenos de luz.

–Nadie en Atlanta me conocía. ¿Te parece una tontería?

Los ojos de la mujer se oscurecieron.

–No, me parece completamente lógico –dijo, apartando de nuevo la vista.

Hubo una nota extraña en su tono, casi dolorosa. Dax recordó el accidente de su hermana y su amnesia.

–¿Tú también te has sentido sola?

Ella asintió.

–Me he sentido sola –dijo con sencillez.

–Jillian...

Ésta se volvió hacia el fregadero y se aferró a sus bordes.

–Vamos a olvidarlo, Dax.

–No quiero olvidar nada –dijo él y se dio cuenta de toda la alegría que había enterrado bajo su amargura. Se acercó a ella, pero no la tocó–. He descubierto que me gusta recordar.

–Pues a mí no –había tanta tristeza en su voz que Dax la tomó por los hombros y la hizo girarse hacia él–. Es mejor olvidar ciertas cosas.

Lentamente, la estrechó contra él. Jillian no se resistió, aunque tampoco le devolvió el abrazo. Con dulzura, dejando de lado la excitación de su cuerpo, Dax le acarició la cabeza, poniéndola contra su hombro. Sintió una satisfacción inmensa cuando percibió que la rigidez de sus músculos cedía y que le rodeaba la cintura con los brazos. Besó su cabello, y durante muchos minutos permanecieron así, uno en brazos del otro, en medio de la cocina.

Y por primera vez desde que llegó a Butler County, sintió que había vuelto a casa.

Por fin, el silencio fue roto por el crujido del interfono.

–¿Jillian? ¿Puedes subir? No me salen las restas.

Se separaron lentamente, con pesar, y Dax la tomó por las manos y dijo:

–Voy yo. Tengo que pasar más tiempo con ella.

Jillian asintió.

Dax quería decir mucho más, hablar de los sentimientos que se amontonaban en su mente, pero sólo lograba comunicarse con ella cuando se peleaban. Dejó caer los brazos y fue a la puerta.

–Por cierto –la voz de Jillian lo obligó a darse la vuelta–, Marina nos ha invitado a cenar en el jardín de su casa el próximo viernes. Christine viene conmigo –de nuevo miró el suelo de la cocina–. Tú también estás invitado, si quieres venir.

Su impulso inicial fue rechazar la invitación, al recordar el gesto de odio del cuñado de Jillian. Pero quería pasar más tiempo con ella...

–Gracias, será un placer.

Volvió a bajar tras terminar los deberes y meter a Christine en la cama. Se cruzó con Jillian, que subía a dar las buenas noches a la niña y dijo:

–Te espero en el estudio.

Minutos más tarde, Jillian entró, anunciando:

–Está casi dormida.

–Ha sido un día muy cansado –Dax sonrió amorosamente, y luego señaló, con gesto serio, unos papeles extendidos sobre la mesa–. Son los resúmenes contables del último año. Míralos, por favor.

Eso hizo Jillian. Cuando al fin alzó los ojos, su mirada mostraba preocupación.

–Da la sensación de que los precios de los productos se mantuvieron tan bajos a propósito. No entiendo cómo Piersall puede sobrevivir con márgenes tan estrechos.

Dax fue hasta ella y le señaló un gráfico. Al hacerlo, su pecho presionó un brazo de la mujer, que lo miró...

Y no apartó la vista.

Dax sintió que su corazón se aceleraba. Deslizó los brazos por su cintura, la hizo volverse y la abrazó, cerrando los ojos ante la impresión de lujuria que le produjo su carne fresca contra su cuerpo. Era su esposa. ¿No era justo que disfrutaran de los placeres carnales del matrimonio?

–Preciosa –murmuró–. Te deseo tanto.

Jillian tragó saliva.

–Ya lo sé.

–Ven arriba conmigo.

Jillian lo miró de nuevo. Dax le pasó la mano por la espalda, para estrecharla aún más contra su cuerpo. La mujer se humedeció los labios y el gesto atrajo la sensual atención de Dax, que no pudo dejar de mirar aquellos labios rosas, henchidos...

–Espera –Jillian habló muy rápido, para romper el embrujo–. No es esto lo que quiero, Dax.

–Eres una mentirosa –puntuó sus palabras con besos leves sobre aquellos labios–. Me deseas tanto como yo a ti.

–Puede ser –concedió Jillian, escapando de su abrazo–. Pero no me gusta el sexo por el sexo –su voz era suave y estaba llena de dolor, pero Dax lo ignoró, irritado.

–Lo nuestro nunca ha sido sexo por el sexo, como dices –declaró–. ¿No recuerdas?

–Lo recuerdo todo –se dio la vuelta y sus hombros temblaron.

La pose que adoptó el cuerpo de Jillian era tan vulnerable que la irritación de Dax se evaporó.

–Puedo esperar, preciosa. Pero no me hagas esperar demasiado tiempo. Eres mi mujer y te quiero en mi cama.

Jillian se dio entonces la vuelta y la tristeza de su mirada lo golpeó como una bofetada.

–No soy una posesión –dijo–. Soy una persona y tengo sentimientos, Dax.

Y salió del cuarto. Dax siguió allí, con el cuerpo pidiéndole que la siguiera y la mente intentando comprender sus palabras. ¿Por qué se sentía tan triste? Ella lo había engañado. Pero mientras se sentaba con desgana y empezaba a mirar de nuevo las cuentas, una voz sardónica y dura empezó una letanía en su mente: ella no había huído dejándolo solo, ella no había tenido el hijo de otro hombre ni se había vuelto a casar.

¿Era posible que sintiera algo por él? Siempre había creído que amaba a su hermano. ¿Podría acaso quererlo a él también?

El miércoles siguiente, la campanilla de la puerta de la tienda de Frannie tintineó al empujarla Jillian. El interior estaba lleno de trajes de novia y de accesorios, pues el negocio de Frannie era floreciente, gracias al talento de la mujer para diseñar vestidos que eran el sueño de cualquier chica. Pero sobre todo porque la tienda reunía todo aquello que una novia podía necesitar y unas cuantas cosas que no necesitaría, pero que la harían disfrutar aún más del gran día.

Jillian descubrió un nuevo producto: pequeñas muñecas con bonitos trajes de novia y una nota que explicaba que se hacían réplicas del traje como recuerdo de la boda. Sin duda, una idea de Deirdre, se dijo Jillian, y la aprobó.

Su propio traje de novia estaba en algún baúl, en la casa de los Piersall. Cuando todo se rompió entre ellos, no quiso volver a verlo y le dijo a la tienda que lo tirara. Pero la madre de Dax, la más encantadora de las suegras, corrió a buscarlo y lo llevó a su casa.

—La vida da muchas vueltas —dijo cuando Jillian se negó a verlo—. A lo mejor dentro de veinte años te alegras de haberlo conservado.

Soltó un taco poco elegante, ante el recuerdo de Dax, que nunca regresó. Ya conocía la respuesta a aquella maternal esperanza.

—¿Algo gracioso?

Se giró y devolvió a Frannie su amplia sonrisa.

—Hola, querida, ¿cómo va el negocio del amor?

—Hola, me lo dirás tú, recién casada. El negocio va bien, otra cosa es el hogar. ¿Tuviste rubeola?

—Creo que sí. Marina me lo contagió a los cinco años —avanzó con Frannie hacia el fondo de la tienda, comunicada con la casa—. Pero creí que ahora vacunaban.

—Así es —replicó Frannie, disgustada—. Pero no son cien por cien efectivas. Y con mi suerte, Alexa se ha contagiado en la guardería. Y claro ahora tengo la enfermedad en casa.

Frannie la guió hasta la cocina:

—Me alegra tanto que hayas venido. Mi cuñada está arriba con los niños, ayudándome un rato. Por suerte los dos pequeños duermen.

–Sabes que no me perdería nuestras comidas de los miércoles por nada del mundo –Jillian se sentó en la mesa de la cocina donde ya estaban dispuestos varios platos con ensalada y bocadillos–. He contratado a una chica para sustituir a Marina, pero sigo trabajando como una mula. Esto es un descanso para mí.

–¿Qué opina Dax de que trabajes tanto?

La pregunta la desconcertó y vaciló un instante.

–Pues no lo sé –admitió–. No lo hemos hablado. Él también está ocupado. Apenas tiene tiempo para Christine, menos para una esposa.

–Christine parece un encanto de niña –Frannie la había conocido el fin de semana anterior, en un paseo.

–Oh, sí –aquel tema era más seguro–. He intentado ir despacio con ella, pero ya nos hemos hecho muy amigas.

–¿Su madre y Dax están... divorciados?

–Sí, pero ella está con otro hombre y no le gusta la niña.

Frannie mostró su disgusto con un gesto.

–¿Y lo sabe Christine?

–Sí. Su madre no se ha molestado en ocultarlo. Según Dax, estaba deseando dehacerse de la cría –Jillian se apartó un mechón de la cara.

–Jill –Frannie, siempre tan desenvuelta, parecía extrañamente cohibida–... El día que hiciste la mudanza nos dijiste que era un arreglo temporal. ¿Es eso cierto?

No tenía ganas de hablar de ese tema con su amiga, pero tenía que ofrecerle alguna respuesta.

–Es cierto –dijo dulcemente–. Dax tiene bastantes problemas en relación con la empresa. Me necesitaba para trabajar con él y ayudarlo con Christine.

–¿Me estás diciendo que esto es un acuerdo comercial?

Jillian asintió:

–Más o menos.

–Pero –Frannie no sabía como empezar–... la forma en que te miraba... Me pareció que ahí había algo más. Y perdóname por meterme donde no me llaman, pero nunca te había visto tan radiante.

–¿Radiante? –si no fuera por el daño que hacía, la frase le hubiera hecho gracia–. Si me ves radiante es porque me pone tan nerviosa que lanzo chispas.

–¿Ves? Eso quería decir –los verdes ojos de Frannie eran penetrantes–. Nadie te provoca esas emociones salvo que te importe mucho. Te he conocido cientos de admiradores y no te he visto pestañear cuando se han marchado –su voz se dulcificó para añadir–. Y si Dax se marcha, creo que harás más que pestañear.

–Ya me dejó una vez, hace siete años, un mes antes de nuestra boda –las palabras escaparon de su boca sin que pudiera retenerlas. Como un recipiente demasiado lleno y cerrado a presión, su corazón podía estallar en cualquier momento.

Hubo un silencio atónito por parte de Frannie. Luego se levantó y fue a abrazar a Jillian, poniendo su cabeza contra su cuerpo.

–Oh, mi pobre niña, llora todo lo que quieras.

–No lloro –musitó Jillian, aplastando una lágrima contra la blusa de su amiga.

Escuchó una risa ronca sobre su cabeza.

–Tú no, ¿verdad? –Frannie se apartó un poco y la miró con sus astutos ojos que sabían leer en su interior como si siempre la hubiera conocido–. Dime qué pasó.

Jillian suspiró.

–Dios, no te das por vencida. Jack no bromea cuando dice que eres peor que una gota de agua sobre una roca.

Frannie dio un abrazo a su amiga y volvió a su silla, sin dejar de mirarla:

–¿Por qué te abandonó?

Frannie no iba a ser objetiva, estaba claro, pero ella misma se hubiera lanzado en defensa de una amiga en apuros, sin preguntarse quién tenía razón.

–Fue un malentendido estúpido –dijo, suspirando–. Él creyó que nos había encontrado a su hermano Charles y a mí en una situación comprometida. Se equivocó, claro está, pero no se quedó a averiguarlo.

–¿Se marchó sin más? –Frannie intentó no mostrar su indignación, pero el tono era agudo–. ¿Hace cuánto?

–Siete años.

–¿Y nunca regresó... hasta ahora?

Jillian tragó el sollozo que ascendía por su garganta.

–Y no hubiera vuelto de no haber muerto Charles –se encogió de hombros–. Sin duda fue mejor así. Si confiaba tan poco en mí, nuestro matrimonio no hubiera resultado.

–Sí, pero... Christine tiene cerca de siete años, ¿no?

–Un accidente mientras intentaba olvidarme, dice.

Frannie estaba moviendo la cabeza, y tenía los ojos brillantes de emoción. Jillian habló rápidamente:

–No vayas a llorar. Yo soy una profesional de contener las lágrimas y si tú empiezas, estropearás mi estilo.

–Si no me hubieras contado esto, hubiera empezado a confiar en tu extraña boda –dijo su amiga–. Entre vosotros hay chispas, pero también una conexión profunda, creo.

–Es familiaridad, no cariño. Nos conocemos desde niños.

Pero mientras forzaba la conversación en otra dirección, Jillian sabía muy bien a qué se refería Frannie. Había conexión, cómo no. Hablar de reconciliación era demasiado para los frágiles hilos que empezaban a unirlos, pero por debajo de toda la humillación y el dolor, había sitio para una minúscula esperanza que empezaba a respirar.

Y el tierno abrazo de la noche anterior había dado fuelle a la brasa de la esperanza que sólo necesitaba un soplo de aire para prender de nuevo sus fantásticas llamaradas.

Fueron a casa de Marina el viernes siguiente. La casa de los Bradford era una planta de ladrillo, con jardín, en un barrio antiguo de la ciudad. Las últimas flores del verano aún decoraban la entrada y un gran árbol centenario daba sombra a la casa. Todo respiraba serenidad, como la propia Marina, pensó Dax.

Pero al entrar en la casa, la imagen de paz se evaporó. Allí reinaba el caos. Los recibió una criatura disfrazada y danzante que Ben presentó como Jenny. Un perro negro enorme y otro blanco y pequeño les saltaron encima, asustando a Christine, que no estaba acostumbrada a los perros.

–Major, idiota, deja en paz a la niña –gritó Jillian apartándolo por el collar–. ¡Marina! Ven a calmar a tus perros.

Marina apareció en la puerta, riendo y con los ojos chispeantes. Llevaba un bebé en brazos y éste lloraba con toda la fuerza de sus pequeños pulmones.

Marina tendió el niño a Ben y desapareció al instante.

Los ojos de Christine estaban abiertos de admiración:

–¡Una familia! –exclamó.

Jillian replicó:

–Amén.

Dax la miró de reojo y decidió seguir mirándola con más detenimiento.

Jenny charlaba con su tía a toda velocidad mientras Ben les indicaba que pasaran a la sala de estar. Jillian había tomado al bebé en brazos y lo estaba calmando mientras escuchaba atentamente a Jenny, y para asombro de todos, el bebé estaba dejando de llorar. Cuando se sentó en el sofá, apretó a la criatura contra su regazo y cerró los ojos, saboreando el momento.

Era evidente que le encantaban los niños, pensó Dax, viendo cómo presentaba a Jenny y Christine, que pronto desaparecieron por una puerta. Desde su regreso, Dax se había preguntado por qué Jillian no se había casado ni había tenido hijos. No sería por falta de oportunidades.

La idea le molestó y la apartó, concentrándose en la conversación. La velada fue inesperadamente grata. Marina puso todo su corazón en que Dax y Christine estuvieran a gusto. Incluso Ben, que claramente se consideraba el hermano mayor de Jillian y su protector, se relajó y charló de diversos temas con él.

Después de la cena la pequeña Jenny se llevó a Christine fuera para conocer a los perros y Dax comprobó con asombro lo bien que se integraba su hija con aquellos extraños. Cuando la hermana de Jillian le dijo que podía llamarla «tía Marina» sintió un sobresalto de alegría y temor.

–Entonces –dijo Ben mientras les servía café–, Jillian nos ha dicho que hay ciertos problemas en el negocio de tu familia.

Dax asintió.

–Es una forma leve de decirlo.

–¿Qué hacen exactamente las industrias Piersall?

–Manufacturamos acero. Antes nuestros mayores compradores eran los fabricantes de barcos, pero desde que el sector está en crisis, hemos diversificado el negocio.

–¿Cómo? –Ben parecía muy interesado.

–Mi padre empezó a fabricar acero para la construcción. Vigas. Tenemos una red de distribución bastante buena en toda la costa y no hemos perdido el mercado naviero –Dax suspiró–. El mercado está en alza y la compañía debería ir bien.

–Pero no es así –Jillian le tendió el bebé, que se había dormido entre sus brazos a Marina y se sentó–. Los dos hemos mirado la contabilidad y las finanzas. No hay nada extraño aparentemente, pero los beneficios no han dejado de bajar en los últimos cinco años.

–Y como resultado, las acciones también pierden valor –Dax vaciló, pero luego decidió enunciar sus sospechas en voz alta–. Me pregunto si no habrá una persona comprando acciones.

–¿Con qué propósito? –Ben tenía el ceño fruncido.

–No le serviría de nada a nadie –señaló Jillian–. Juntos controlamos más de la mitad de las acciones.

–Ya lo sé –Dax extendió las manos con gesto ausente–. Pero la idea me da vueltas. Ya sé que parece no tener sentido.

En el silencio, se oyó el ronquido del bebé y todos rieron a un tiempo.

Jillian se puso de pie.

–Gracias por la cena, hermana. Os devolveremos la invitación un día de estos, pero será mejor que nos llevemos a Christine a casa.

Cuando fueron a buscar a las niñas, era evidente que Christine estaba en su elemento. Dax nunca había pensado que su vida era solitaria, pero al ver a la niña cuidando de la más pequeña, se dijo que sería una hermana mayor excelente.

Para lo que necesitaría hermanitos. Se dio cuenta de lo que estaba pensando. Se había acostumbrado a tener a Jillian en su hogar y en su vida. Y de pronto estaba pensando en tener hijos, con ella.

¿Qué le estaba pasando?

Lo asustó conocer la respuesta, que no era otra que Jillian Elizabeth Kerr. O más bien Jillian Piersall. Nunca volvería a confiar completamente en ella, ni volvería a quererla como la había querido, pero podría seguir con ella mientras no le permitiera que lo manejara a su antojo, como sin duda hacía con los demás hombres.

Con él, sería diferente.

Capítulo Siete

La cena de negocios de Dax estaba prevista la semana siguiente. Jillian y la señora Bowley se habían dedicado a la limpieza de la casa, cuyas dimensiones convertían su mantenimiento en un arduo esfuerzo.

Jillian comprobó el estado del bar y compró un par de botellas más, abrillantó la plata y el cristal, quitó el polvo a los muebles, enceró los suelos. Habló con un especialista en comidas, ideó el menú y contrató a un par de camareros para el bar. Dispuso las mesas y la cubertería, las servilletas artísticamente dobladas, las flores y las velas. Por último se arregló las uñas y fue a la peluquería.

Y el sábado por la mañana se fue de compras.

—¿Vas a cenar con nosotros esta noche? —le preguntó a Christine mientras desayunaban.

La niña vaciló.

—¿Os parece bien?

—Claro que nos parece bien. Además así aprenderás cómo se hacen estas cosas para cuando seas mayor.

La niña era demasiado pequeña para aprender nada, pero estaba deseando asistir y Jillian quería que se sintiera segura de ser bien recibida.

—Muy bien —dijo Christine—. Si así lo crees, comeré con vosotros.

—Estupendo. Yo voy a comprarme algo de ropa. ¿Quieres acompañarme?

Christine la miró con ojos enormes.

—¿No tienes nada que ponerte?

Jillian supo que la niña estaba pensando en el armario de arriba, lleno a reventar de ropa. Se echó a reír.

—Sí, tengo de todo, ya lo sé. Pero es una excusa para comprarme un vestido nuevo. Y tú también necesitas algo.

Para su pesar, los ojos de Christine se llenaron de lágrimas.

—Mamá me hacía vestidos antes de echarme de casa. Se me han quedado pequeños.

—Oh, tesoro —la pena infantil le llegó al alma y se levantó para tomar a la niña en brazos y acunarla. La hija de Dax se aferró a su cuello mientras su pequeño cuerpo era sacudido por los sollozos y Jillian la mantuvo abrazada hasta que se calmó.

—Yo te haría un vestido —explicó Jillian intentando aligerar el ambiente—, pero parecerías una pobre de pedir. No es lo mío, creo.

Christine rió entre hipos.

—Podría vestirme de plásticos —dijo y Jillian lo aprobó entre risas.

Poco a poco fue soltando su abrazo y luego se bajó del regazo de Jillian.

—Perdona que haya arrugado tu falda.

—No te preocupes. Todos necesitamos una buena llantina de vez en cuando —incluso ella, se dijo en silencio. Había ahogado tantas lágrimas en las últimas semanas que le dolían los músculos de la garganta. Se puso en pie y empezó a recoger la mesa.

—¿Sabes lo que podemos hacer? —le propuso a la niña—. Puedo ayudarte a envolver tus vestidos de una forma especial para que no se estropeen y una hija tuya los pueda llevar un día.

El rostro de Christine se iluminó:

—¿En serio?

—Y así tendrás recuerdos preciosos de tu madre para contarles a tus hijos.

Christine rió, distraída de su momento de pena.

—Hablar de mis hijos suena muy raro.

–Esa soy yo –dijo Jillian haciendo una mueca cómica–. La rara y loca de Jillian.

La niña rió de nuevo y luego quedó pensativa.

–¿Jill? –Christine había oído que Marina la llamaba así, y había adoptado el diminutivo.

Jillian se dio la vuelta para mirarla.

–¿Qué?

–Creía que iba a odiar tener una madrastra, pero me gusta.

–Bien –tuvo que tragar un nudo de emoción repentina–. Yo creí que iba a odiar ser una madrastra, pero me gusta.

Se dio la vuelta y se dirigió hacia la cocina, a tiempo de ver a Dax en el umbral de la puerta. Tenía una mirada peculiar, entre irónica y satifecha, y Jillian pensó con rabia que estaba muy contento por su decisión de obligarla a casarse con él.

Le hubiera gustado darle una bofetada pero contuvo el impulso, limitándose a decir:

–Vamos a ir de compras. ¿Quieres que te compremos algo? He observado que tus pantalones están un poquito estrechos en la cintura.

Él se echó a reír y en dos zancadas estuvo junto a ella. La tomó por la cintura, la abrazó y hundió la nariz en su cuello.

–Mi cintura está perfectamente –dijo mordisqueándole el lóbulo de la oreja.

–Dax –se indignó Jillian, afectada por la repentina y envolvente excitación sexual–, no hagas eso. Podría entrar Chrissy.

–¿Y? –apoyó los labios en su cuello y la besó bajo el cuello de la camisa, haciéndola gemir sordamente.

Jillian se dio cuenta de que ya no lo rechazaba, sino que se había colgado de su cuello y se pegaba a él, hechizada. La rabia la ayudó a separarse.

–No soy tu juguete –dijo, y no le pareció muy convincente, dada la forma en que se estremecía su piel al tocarlo.

Dax sonrió y se apoyó en el fregadero, cruzando los brazos sobre su pecho.

–Nunca he dicho que lo fueras.

–Y no pienso acostarme contigo.

La sonrisa se amplió.

–Vale, lo que tu digas. Pero me gustaba tanto...

Su tono de nostalgia despertó en ella recuerdos excitantes, vivos, y estuvo a punto de ceder hasta que recordó por qué no quería acostarse con él. No quería acostarse con un hombre que pensaba lo que Dax pensaba de ella.

De pronto no le costó nada resistirse.

–Pensaste que me acostaba con tu hermano.

Las palabras salieron disparadas como balas y la sonrisa de Dax se convirtió en una mueca amarga.

–Y tú me dijiste que me equivoqué –con las cejas alzadas la retaba a que lo probara.

–Da igual lo que te dijera. Lo que me importa es que tu pensaste que yo podía hacer algo así –se retiró hacia la puerta, consciente de la luz de odio que había encendido en los ojos del hombre–. Te ayudaré con tus compromisos profesionales de aquí a seis meses, y luego adiós. No puedo vivir en la misma ciudad que tú –movió la cabeza, ciegamente–. No puedo.

Tras estas palabras, salió de la cocina y atravesó corriendo el comedor, ante la mirada atónita de Christine. Mientras subía las escaleras, la oyó preguntar:

–¿Qué le has dicho, papá?

Le costó un gran esfuerzo calmarse, pero lo logró y volvió a bajar a buscar a Christine, con las emociones bajo control. Se asomó al salón y anunció:

–El tren de las compras a punto de salir. Viajeros al tren.

Dax se vistió antes de bajar a comprobar que todo estaba a punto. Odiaba admitirlo, pero se sentía muy nervioso. Sus invitados de aquella noche representaban la posibilidad de salvar o de hundir las industrias Piersall.

Había recortado costes, presionado a los clientes que les debían dinero, renegociado las deudas pendientes, pero a menos que lograra firmar un gran contrato y consiguiera el respaldo financiero de un banco, no podría sacar a flote la compañía.

Desde luego podría vender su otra empresa por un buen precio al día siguiente. Lo sabía muy bien porque incluso tenía ofertas. Pero no quería salvar la empresa familiar con su propio dinero. Necesitaba comprender primero qué había ocurrido y lograr el éxito con sus medios actuales.

No le gustaba el fracaso. El fracaso sentimental de su vida le había dejado un sabor amargo, inolvidable. No terminaba de entender las reacciones furiosas de Jillian. Siendo él el engañado y traicionado, ¿por qué se las arreglaba para que pareciera el villano de la historia?

¿O quizás lo era?

Por primera vez desde su marcha, una grieta había aparecido en el sólido muro de certeza erigido en su memoria. ¿Sería posible que hubiera malinterpretado la escena de aquella funesta noche? Cada vez le costaba más combinar la imagen de la mujer tierna y brutalmente sincera que se había encontrado a su regreso con la mentirosa que creía haber dejado años atrás.

Miró el reloj. Las siete en punto. Comenzó a pasear, mirando las mesas en las que todo estaba dispuesto. Gracias a Jillian.

Volvió a mirar el reloj, sabiendo que sólo habían pasado dos minutos. Sus invitados estaban a punto de llegar. ¿Dónde se había metido su mujer? Fue hasta el pie de las escaleras y miró.

Nada.

Christine se asomó en lo alto de las escaleras.

–Hola, papá.

La niña llevaba un vestido nuevo, de terciopelo verde con una falda amplia y el pelo suelto, pero ordenado en suaves tirabuzones. Parecía tan... mayor.

No podía ser su niña. ¿En qué momento habían desaparecido sus piernecitas redondas? En una fracción de segundo, comprendió lo poco que faltaba para que su hija se transformara en otra cosa, y se sintió aún más angustiado.

–¿Te gusta mi vestido? –preguntó Christine, saltando sobre los escalones y de pronto allí estaba su pequeña.

–Estás guapísima, hija –dijo de corazón, besándola–. Pronto tendré que encerrarte en tu cuarto para que no vengan los chicos.

–¡Papá! –la niña rio ante la tontería, pero estaba feliz–. Espera a ver lo que se ha comprado Jillian.

Un movimiento captó su atención y alzó los ojos. Jillian no esperó su opinión, posando en lo alto, sino que empezó a bajar las escaleras, una esbelta figura moviéndose con gracia alada a pesar de los tacones.

El corazón de Dax se aceleró y esta vez no fue por la ansiedad. Le sorprendió pensar que Jillian era totalmente consciente de su aspecto y del efecto que causaba en su presión sanguínea.

El vestido de Jillian era azul, como sus sandalias minúsculas. Envolvía sus curvas con suavidad e intención, y daban ganas de tocarla, saborearla. Llevaba una gargantilla de perlas sobre el escote pronunciado y redondo, tentador como los muslos entrevistos bajo el encaje amoroso que remataba los bajos del breve vestido y decoraba las mangas, invitando a posar los labios sobre la piel dorada y sutilmente expuesta.

Cuando completó su descenso, Jillian le tendió la mano y Dax no apartó la vista de sus ojos azules mientras posaba un beso en la fragante piel.

–La anfitriona no debe deslumbrar a los invitados

–murmuró al estirarse. Se fijó en que llevaba más maquillaje de lo normal, y aunque le gustaba Jillian con la cara lavada, tuvo que reconocer que lo había hecho con gusto y que el efecto era fabuloso: sus ojos parecían todavía más grandes, su boca más sensual, su piel más refulgiente. Y en cuanto a su perfume, el instinto de cualquier hombre era el de acercarse más y sumergirse en ella.

Jillian alzó la retocada ceja.

–Todo lo que me pediste está listo –dijo fríamente y Dax recordó que estaba enfadada con él, y cómo.

–Siento lo de esta mañana –se disculpó sin soltar su mano.

Jillian le dedicó una larga mirada.

–Acepto tus disculpas. Olvidemos lo sucedido.

–Se te da bien olvidar –dijo Dax, provocador, siempre mirándola. Pero en ese momento sonó el timbre y ambos se separaron para salir a recibir a los invitados.

Mientras se dirigían a la puerta, Jillian tuvo tiempo de replicar:

–Es la única forma de aguantar.

Mucho más tarde, mientras tomaban café y coñac, Dax observó a Jillian sentada al fondo de una mesa con Christine a su lado. Podía admitir que también se había sentido inseguro respecto a su actitud. Jillian podía haber arruinado la noche, y sus posibilidades de salvar la empresa, pero había estado perfecta.

Tan perfecta, de hecho, que sus compañeros de mesa ya habían aceptado avalar un préstamo que sacaría de apuros a Industrias Piersall. Jillian había halagado el ego de aquellos hombres de negocios y había escuchado, con aire fascinado, un montón de aburridas historias sobre sus vidas.

Pero lo mejor era que lo había hecho sin perder la simpatía de sus esposas. Había hablado con ellas, preguntado sobre hijos y nietos, presentado su tienda de juguetes de manera que todas las mujeres le habían prometido una visita y participado con entusiasmo en una larga discusión sobre ginecólogos. Había seducido a los maridos pero de una manera que lograba que las esposas no se sintieran ofendidas ni amenazadas.

Aquel era su encanto: hacía de vampiresa sin cuartel, pero riéndose de sí misma, y su mensaje era que nadie debía tomarla en serio. Y no dejaba de hacer el papel de orgullosa madre a la perfección, aunque bien mirado, quizás no se tratara de un papel.

Era evidente que le tenía cariño a Christine. Se manifestaba en la manera en que la había arreglado para la cena, en los mil gestos de cariño, en la forma en que la incluía en las conversaciones y le dedicaba sonrisas y guiños para que estuviera a gusto.

Muchos lo habían felicitado por su mujer y su hija e incluso la esposa de un inversor le había comentado que la niña iba a ser tan hermosa como la madre cuando creciera.

Un error comprensible. Eran muy parecidas, realmente.

En realidad, se dijo, Christine tendría que haber sido la hija de Jillian y su verdadera madre no había sido más que una sustituta. Y aquella era una noche perfecta para obtener unas cuantas respuestas sobre el periodo más triste de sus vidas.

¡Por fin! Jillian se dio la vuelta cuando Dax cerró la puerta sobre sus últimos invitados rezagados. Mientras éste daba propinas a los camareros, fue a la cocina para comprobar que los restos estaban bien guardados en la nevera, haciendo cálculos sobre la parte de la factura que Dax podía incluir como gasto de empresa.

Muy cansada, llegó a las escaleras y empezó a subirlas. Estaba deseando quitarse aquellas horribles sandalias, que Christine había elegido en un ataque de entusiasmo consumista.

La niña se había acostado dos horas antes, cuando Jillian había observado que le costaba mantener los ojos abiertos. Ojalá hubiera podido ella hacer lo mismo.

Entró en su habitación y se quitó las sandalias con alivio. Después se desvistió y dejó caer la carísima prenda al suelo. Le siguieron las medias transparentes y aquel incomodísimo sostén que hacía tales milagros con los pechos femeninos.

Todo fue a parar al suelo y Jillian se burló mentalmente de las prendas y de las cosas que hacen las mujeres para gustar a los hombres. Ridículo, se dijo, entrando en el baño.

Allí dejó correr el agua caliente sobre el gel de burbujas y se lavó los dientes y desmaquilló mientras se llenaba la bañera. Iba a meterse en el agua, cuando un movimiento captó su atención y se paralizó.

Dax estaba en la puerta y la miraba, sonriendo, pero la sonrisa murió al encontrarse sus ojos.

Jillian intentó cubrir su cuerpo desnudo, a punto de entrar en el agua, como una virgen victoriana.

La mirada de Dax descendió por su cuerpo, devorándolo, mientras un color pardo sonrojaba sus pómulos y su pecho respiraba fatigosamente.

–Ven aquí –dijo en un susurro gutural.

Jillian podía elegir. Sabía lo que el deseaba de ella. No había amor en su corazón y aquello sería meramente sexual.

Si avanzaba hacia Dax por el suelo de baldosas, se entregaría completamente a él, sabiendo lo que él pensaba. Y de nuevo le daría su amor no correspondido, pero inmenso y por supuesto oculto.

Nunca había dejado de amarlo.

Nunca. El reconocimiento la hizo moverse, avanzar por el cuarto de baño, paso a paso, hasta colocarse ante él. Estar desnuda ante un Dax completamente vestido era una sensación tan erótica como dolorosamente simbólica.

–Jillian –dijo él, sin aliento–. Te deseo tanto.

Lentamente, Jillian alzó los brazos hacia él y murmuró:

–Pues puedes tenerme.

Y en un instante fue rodeada, abarcada por sus brazos, invadida por sus caricias y sus besos. Acarició su cabello crespo y devolvió los salvajes besos en el baile de la pasión prometida y largamente aplazada.

Dax besó su garganta expuesta, su cuello, y descendió besándola hasta el pecho y Jillian se retorció y gimió al sentir que tomaba un pezón con tanta fuerza que sus rodillas temblaron y tuvo que dejar que el peso de su delgado cuerpo reposara en los brazos de Dax. El asalto de los sentidos fue tan fiero que Jillian tuvo que gritar e inmediatamente los besos de Dax se hicieron más suaves. Murmuró:

–No quiero hacerte daño.

–No me haces daño. Es que...

–Ya sé –su voz era increíblemente tierna, y las lágrimas llenaron sus ojos. Aquel era el hombre al que había amado una vez. El hombre que recordaba su corazón.

Estaba en todas partes, chupando, acariciando, lamiendo, con las manos asiendo su espalda y su cintura con seguridad y destreza. Jillian se arqueaba bajo sus manos, pidiendo más, y las manos de Dax iban ganando audacia, deslizándose entre sus muslos para acariciar el centro de su deseo. Los dedos de Dax le parecieron torpes al principio, raspándola casi, pero en seguida fueron suavizados por la humedad que bañaba sus muslos.

Dax gimió al explorarla, y sentir la dulzura mojada que parecía esperarlo. Jillian apretó los muslos sobre sus dedos y sus tiernas protestas puntuaron la espiral de placer. Dax la tomó de pronto por la cintura y la apoyó contra el mueble de baño, situándose entre sus piernas mientras la besaba de una forma que expresaba algo más que el mero placer de los sentidos.

Deseando la intimidad completa con Dax, Jillian deslizó la mano entre sus cuerpos para alcanzar su excitación, haciéndolo gemir entre besos mientras su palma lo acariciaba.

Su respiración resonaba rápida y ronca, en el silencio del baño y Jillian pudo percibir la urgencia de su pasión. Sin dejar de besarla, apartó su mano y se bajó los pantalones y de pronto, por sorpresa, Jillian lo sintió contra ella, caliente, duro, presionándola.

Dax se apartó un instante, para situarse y murmurando «te necesito», le alzó las caderas y entró en ella.

Jillian estaba tan mojada que el hombre penetró hasta el fondo en el primer empellón. Jillian gritó y se abrazó a él, y Dax, sin darle tiempo a relajarse, la tomó en un salvaje viaje de placer que tensó su cuerpo hasta convertirlo en un barco deliciosamente perdido en una tormenta. Jillian gritó de nuevo y Dax bebió sus gemidos besándola, y luego se apartó para acelerar su ritmo. Jillian puso los labios contra el cuello del hombre, y se dejó mecer por las sensaciones que la agitaban y elevaban, cada vez más arriba, en una ascensión sin límites hasta que el placer la hizo precipitarse en convulsiones. Dax murmuró algo, soltó un gemido de satisfacción y siguió aferrado a ella, dejándose ir con un grito de placer.

Siguió dentro de ella y ambos respiraron como caballos tras una carrera, aferrados el uno al otro y asombrados, temblando. Bajo su piel sensible, Jillian sintió que le temblaban los muslos y empezó a retirarse, pero Dax la estrechó con fuerza contra su pecho.

–Quédate aquí –dijo, y tomándola por la cintura

la llevó hasta la cama. Allí giró y se dejó caer sobre la espalda, con Jillian sobre él.

Esta besó el cuello abierto de la camisa que no se había quitado y dijo:

–Qué gesto tan hábil.

–Um –parecía tan satisfecho como un león después de cenar–. Ese soy yo, hábil para todo.

Sintiendo que sus fuerzas volvían, Jillian se sentó a horcajadas sobre él y comenzó a desabrocharle la camisa.

–Esto fuera –dijo.

Dax se fijó en la camisa y en la mujer sentada sobre su vientre, y sonrió.

–Desde luego –reconoció y se separó de ella, poniéndose en pie en un movimiento grácil para terminar de desvestirse, desvelando a la atenta observación de Jillian los planos y músculos de su hermoso cuerpo, el pecho cubierto de oscuro vello que se rizaba al llegar abajo, donde su virilidad mostraba todo su deseo.

Al instante volvió junto a Jillian, abrió la cama y se metió en ella tras apagar las luces. Jillian suspiró su placer tanto tiempo negado, cuando sus cuerpos desnudos se encontraron por primera vez en siete largos años y Dax se puso sobre ella, buscando de nuevo su lugar entre sus muslos.

Jillian lo guió hasta ella mientras él se inclinaba a besarla, con dulzura esta vez y una ternura que la hizo temblar de pies a cabeza. De pronto Dax la miró y dijo:

–¿Por qué resulta tan perfecto contigo? Nunca he dejado de pensar en ti, aun estando con otras.

Jillian apartó la cara, rechazando el dolor que la imagen causaba. Ella había tenido dos amantes en todo el tiempo de su separación, y no tenía por qué sentirse tan herida, pero así era...

Dax la obligó a mirarlo y acariciándola, dijo:

–Nunca ha habido otra en mi vida. Sólo tú. He intentado olvidarte, pero siempre soñé que volveríamos a estar juntos.

Las palabras eran como un bálsamo contra el dolor y Jillian le acarició el rostro antes de decir, moviéndose ya bajo su cuerpo:

–Ya lo sé. Para mí ha sido igual.

Se durmió entre sus brazos cuando empezaba a amanecer.

Qué maravilla era tenerla entre sus brazos. Se arrepentía de haber hablado tan inoportunamente de otras mujeres. La dulce satisfacción de su mirada había dejado sitio a un dolor que le había partido el corazón. La entendía muy bien, pues él sentía lo mismo.

¿Acaso lo había dicho para castigarla? No lo había hecho deliberadamente. Pero ya no se fiaba de sí mismo. Había arrastrado tanta amargura durante tanto tiempo, que quizás sus palabras supuraran veneno.

Movió la cabeza para besarla en la mejilla. La caricia la hizo estirarse entre sus brazos, y Dax se giró para abrazarla más estrechamente. Estaba pegada a su costado, con la cabeza reposando en su hombro y la pierna cruzada sobre sus muslos. Se asombró al comprobar que el contacto lo estaba enardeciendo de nuevo.

Ninguna mujer le hacía reaccionar de aquella forma. Había olvidado la insaciable pasión que sentía por Jillian, la constante necesidad de sumergirse en ella, de sentirla suya. El sexo con ella era otra cosa.

¿Qué era?

Química, decidió. Sólo química. Por algún motivo, ella ponía en funcionamiento todos los mecanismos del placer y siempre sería así. Y debía aceptarlo: no quería pasar el resto de su vida sin su cálida, excitante presencia junto a él.

Le daba igual lo que hubiera hecho.

Pero de pronto, la imagen que tanto odiaba, la que le había asaltado tantas veces, la visión de Jillian con su hermano, ocupó completamente su mente. Era siempre así: aquel dolor le daba ganas de despertarla y gritarle cómo había podido hacerle eso.

¿Quieres que se marche y no verla más?, se preguntó. No tendrás su alma, pero puedes tener su cuerpo. Y eso es lo quieres.

¿Era eso cierto? Reprimió el recuerdo del tierno abrazo de la cocina, un abrazo que había hablado de emociones poco sexuales.

Jillian se estiró de nuevo, se apartó el pelo revuelto de la cara y alzó un poco la mirada. Sus ojos azules eran los de un gato al que se ha molestado durante la siesta, pero movió la mano para acariciar su frente.

–¿No duermes?

–No –la colocó sobre su cuerpo y Jillian sonrió al sentir sobre su vientre la presión de su virilidad–. Creo que necesito algo más.

–Nunca he conocido a un hombre que necesite tanta ayuda para dormir –la voz de Jillian era sensual, adormilada y feliz.

–Nunca me has dicho por qué te acostaste con Charles.

Sus palabras salieron de su boca por sí solas y lo dejaron sorprendido. El efecto sobre Jillian fue peor: su cuerpo se puso completamente rígido y se separó tan rápido de él que casi se cae de la cama. Fue al armario y se puso una bata con gestos violentos y se volvió hacia él, mirándolo con ojos de gata furiosa.

–¿Pretendías reblandecerme con esto para que te confesara mis pecados? –gritó con rabia.

Dax, ignorando su desnudez, se irguió y habló despacio, sin mostrar sus emociones.

–Claro que no. Pero pienso que merezco una respuesta. Siempre me he preguntado por qué aceptaste casarte conmigo si lo querías a él.

Lentamente, Jillian cruzó los brazos sobre su pecho.

–Nunca te ha interesado escuchar mi versión, Dax. ¿Por qué iba a importarte ahora?

–Sabes por qué –su voz se hizo baja y seductora.

–¿Por el sexo? –el tono de Jillian era neutro, vacío–. No creo que cambie nada.

Había algo angustioso en sus palabras. Dax habló de nuevo:

–Para mí cambia mucho.

No había pretendido abrir la caja de los truenos, sino conformarse con lo que tenía. Pero algo en él necesitaba desesperadamente terminar con el pasado.

Jillian alzó las cejas, se mordió el labio y sus ojos se llenaron de una tristeza infinita, aunque su rostro era una máscara de indiferencia.

–Hubo un tiempo en que te lo hubiera dicho todo, contado todo. Un tiempo en que esperé y esperé y esperé que volvieras para contártelo todo. Pero no volviste, Dax.

Dax pudo ver el dolor devastador que todavía transparentaba su fría y dura máscara.

–Nunca volviste –repitió.

–No podía –ofreció la única excusa que tenía–. Estaba tan furioso que pensaba que os mataría si regresaba. Tardé años en calmarme. Aún sigo furioso.

Pero Jillian no lo escuchaba.

–Eso no me convence. Los dos sabemos que tu amor inmortal por mí desapareció en nuestro primer conflicto. No confiaste en mí lo suficiente como para escucharme. Y no volviste porque estabas muy ocupado seduciendo a otras mujeres y teniendo un hijo –su voz se había alzado y se detuvo de pronto, mordiéndose el labio.

La verdad había surgido como una marea inevitable, barriendo todas las excusas, todos los pretextos a los que se había aferrado tantos años. Dax supo que no podía soportar que pensara eso de él.

–No volví –dijo con lentitud– porque me habías roto el corazón. Me costó mucho unir los pedazos y todavía no funciona muy bien –se había puesto en pie y fue hasta Jillian a tomarla por la mano–. No podemos cambiar el pasado, pero podemos olvidarlo.

–No podemos hacer eso, Dax. Tenemos que enfrentarnos a él.

–No, no debemos –tomó su barbilla con dulzura, celebrando que no lo rechazara–. Empecemos de nuevo. Hagamos cómo si nos hubiéramos conocido ayer.

Jillian guardó silencio, con los ojos bajos, de manera que Dax no pudo leer en ellos. De pronto se estremeció de pies a cabeza, como si de verdad estuviera expulsando el pasado. Cuando lo miró de nuevo había tristeza en sus ojos, pero también una leve chispa de ironía.

Le puso la mano sobre el pecho y suspiró antes de decir:

–Para ser dos personas que acaban de encontrarse, nos conocemos terriblemente bien.

Capítulo Ocho

El siguiente jueves era el cumpleaños de Christine. Jillian había preparado una merienda para después del colegio y tras colocar una enorme tarta sobre la mesa, miró su reloj.

–Son las cuatro, Dax. Deben estar a punto de llegar. Sube a mi cuarto y baja los regalos, ¿te parece?

Observó a Dax mientras bajaba obedientemente de la escalera en la que estaba subido. Habían transformado el comedor en una habitación festiva llena de globos de colores, tiras, confettis y hasta una piñata.

Cuando Dax salió del cuarto, miró su espalda con melancólica satisfacción. Llevaba cinco noches durmiendo con él y si hubiera buscado tan sólo placer físico, sería una mujer delirantemente feliz.

Dax era un amante fabuloso, conocedor de sus sensaciones y deseos como nadie. Durante sus años de separación había adquirido más control sin perder pasión y el resultado era que ambos empezaban a tener profundas ojeras fruto de las noches sin sueño.

Pero por muy increíble que fueran sus relaciones sexuales, seguía habiendo una pena en su corazón que se negaba a desaparecer.

Habían hablado de cientos de cosas en los últimos días, desde las vacaciones de Christine, hasta una renovación completa de la cocina o la forma de ahorrar gastos en la empresa. Incluso Dax le había pedido que estuviera presente en las entrevistas que iba a mantener para contratar un nuevo contable que ayudara al antiguo con las nuevas exigencias.

119

Pero de lo único de lo que no habían hablado era de lo que realmente le importaba. Y puesto que aquella zona seguía en silencio, Jillian no se atrevía a pensar en el futuro. Sólo podía esperar el día a día y no perder de vista la precariedad de su situación.

Dax no le permitía que hablara del pasado, de lo que había sucedido la noche en que él la abandonó. Y a pesar de la ternura que Dax mostraba por ella, Jillian sabía que su relación no tenía futuro sin exorcisar el pasado.

Pues él seguía sin creerla. Le había dicho que estaba dispuesto a olvidar y a perdonar, y Jillian había sentido el impulso de pegarle, luego de marcharse para siempre. Pero su amor por él lo había impedido.

Había vivido sin él mucho tiempo y sencillamente no quería hacerlo de nuevo. Pero esta vez no iba a esperar nada. Aquella era su desoladora defensa. Aun sabiendo que no la quería, que no confiaba en ella, elegía quedarse. Lo importante era no esperar nada, se repetía, no esperar que la amara y que la comprendiera. Y acumular recuerdos que le permitieran vivir cuando se separaran de nuevo.

Lo oyó bajar las escaleras y fue hacia él a ayudarlo.

–Me parece que te has pasado un poco con los regalos –dijo Dax mirando la pila de paquetes.

–Me dijiste que hiciera lo que me pareciera –sonrió Jillian–, y siempre es peligroso encargarme esa clase de misiones. Me tomo muy en serio las compras.

Dax rió y la tomó por la mano, diciendo:

–Algunas cosas no cambian.

Jillian le permitió que la abrazara y la estrechara contra él, cerrando los ojos ante las sensaciones que invariablemente su contacto provocaba.

–Gracias por organizar todo esto –dijo sobre su cabeza–. Yo no sabía por dónde empezar.

–Ya lo sé –confirmó Jillian besándolo en el cuello y en la barbilla.

–¿Qué haces? –preguntó en broma Dax.

–Jugar un poco –tocarlo en cualquier momento, cuando le apetecía, era un placer del que no se había cansado.

–Eso me temía –rió Dax roncamente.

–Tú has empezado –le recordó Jillian y en ese momento sonó el timbre y ella se apartó, alisando su falda y retocándose el pelo mientras iba a abrir–. ¿Preparado para la fiesta?

–¿Cómo explicarte que mi idea de una fiesta no es exactamente lo que va a suceder esta tarde? –fue la retórica respuesta de Dax.

El viernes, Jillian volvió temprano de la tienda y para su sorpresa, vio el coche de Dax aparcado frente a la puerta.

Fue a la cocina y cuando entraba, sonó el teléfono.

–¿Sí?

–¿Jillian?

–Soy yo.

–Hola, soy Roger Wingerd.

–Hola, Roger –su voz se hizo más cálida, pues Roger le caía bien. Había sido leal a Charles y Jillian se había alegrado al saber que su posición en la empresa no peligraba.

–Jillian... ¿te gustaría tomar algo o cenar conmigo mañana?

–¿Mañana? Mañana es sábado y desde que soy una mujer casada, no me parece que...

–Es un asunto de negocios –dijo Roger–. Aunque no me gustó nada saber que te habías casado con Dax, por puro egoísmo –y añadió rápidamente–: Enhorabuena.

–Gracias –la conversación la divertía. Se imaginaba lo que el tranquilo Roger podía pensar del desembarco guerrero que Dax había hecho en la compañía.

–Pero necesito hablar contigo. En tanto que accionista.

–Pues, bien, este fin de semana es imposible, pero la semana que viene cuando quieras. Dax tiene más acciones que yo. ¿Te parece que venga también?

–No, no hace falta. Hablaré con él en la oficina –y añadió suspirando con dramatismo–: Dame al menos una última hora a solas con la chica de mis sueños.

Jillian se echó a reír.

–Coqueto –quedaron para una copa y tras colgar, Jillian fue a buscar a su marido.

Estaba en su estudio y alzó la vista con aire de sorpresa al verla en la puerta.

–Qué coincidencia. Eres justo la persona que quería ver.

–¿Qué haces tan pronto en casa?

Dax señaló los papeles que cubrían su mesa.

–He traído informes a casa para trabajar. En realidad no quería que nadie más viera lo que estoy viendo.

Jillian avanzó hasta él y se situó a sus espaldas, reclinándose sobre los papeles.

–¿De qué se trata?

–Esto es una lista de las ventas y compras de acciones de las últimas semanas. Tenía una sospecha y esto la confirma –apartó la silla y tomó a Jillian sobre sus rodillas, enseñándole el papel–. Verás, en las últimas semanas, se estaban produciendo muchos movimientos de acciones y yo pensé que era una reacción lógica a la muerte de Charles y a mi presencia.

Jillian se tensó ante la mención de Charles, pero Dax no se inmutó. Preguntó al momento:

–¿Qué te hace pensar que es otra cosa?

–Aquí tengo el nombre de la empresa que ha adquirido un nueve por ciento la semana pasada.

Leyó la línea impesa:

—Shallot.

—Eso es, y ahora mira este —sacó otro papel y se lo tendió—. Este movimiento fue al final de septiembre.

—Shalott; compraron un siete por ciento —Jillian alzó los ojos, asombrada—. No lo entiendo. ¿Nombres similares?

—Yo tampoco entendía nada, hasta que vi esto —le tendió una terecera hoja—. Es el registro de transacciones de esta semana.

Shalot, S.L. El nombre saltó ante sus ojos, como una broma o una provocación. Un cinco por ciento.

—¿Crees que una única empresa está detrás de estos nombres? —preguntó Jillian.

—No me había dado cuenta hasta ahora, porque cada nombre tiene un estatus empresarial diferente —dijo Dax en tono disgustado.

—Y quien quiera que sea, posee un veintiuno por cien de las acciones.

—Por lo menos —le recordó Dax—. Podría muy bien utilizar otros nombres.

Jillian tamborileó con las uñas sobre la mesa.

—Pero no veo el problema. Nuesta familia sigue teniendo la mayoría.

—Ya lo sé —se encogió de hombros, pero su rostro seguía mostrando preocupación—. Pero esto se está realizando de una forma poco transparente. Alguien no quería que yo me diera cuenta de lo que sucede.

—Será porque te las has arreglado para aterrar a todo el que ha tenido algo que ver con la gestión de la empresa en los últimos años —bromeó Jillian.

—No hubiera entrado de forma tan brusca si llego a encontrar a la empresa en buena posición —se defendió Dax—. Y hablando de buenas posiciones...

Jillian lo miró y la expresión de su rostro la hizo ser consciente bruscamente del calor que irradiaba de sus muslos. Sintió que su cuerpo se derretía. Le rodeó el cuello con los brazos y se entregó al abrazo, viendo cómo Dax entrecerraba los ojos por el efecto. Sin una palabra, Dax se puso en pie, la tomó en brazos y la llevó hasta el dormitorio que ahora compartían. Era temprano y Christine no había vuelto del colegio.

Se detuvo en mitad del cuarto y Dax dejó que el cuerpo de Jillian se deslizara hasta tocar el suelo. Después empezó a besarla, haciéndola sentir la fuerza de su enardecimiento.

Dax la acarició murmurando:

–Esto me parece un sueño. He imaginado tantas veces esta escena.

Jillian puso la palma abierta sobre su boca.

–Pues soy real –susurró y acalló los cientos de sentimientos que se agolpaban y luchaban en su corazón. Tiernamente, remplazó la mano por los labios y lo besó despacio, sintiendo cómo las manos de Dax se iban apoderando de su carne.

Dax le dejó la iniciativa hasta que no pudo soportar más sus caricias leves, y la besó con fuerza, apretándola y empezando a desnudarla.

Jillian le quitó la corbata y le abrió la camisa, saboreando la visión de su pecho, poniendo los labios sobre el vello suave, acariciando sus costados que se retraían ante sus manos hábiles, colocando las palmas sobre su vientre plano y sensible. Mientras deshacía el botón de sus pantalones, murmuró:

–Deseaba que te hubieras vuelto gordo y feo.

Dax rió y sus músculos se agitaron involuntariamente bajo sus toques.

–Yo quería que estuvieras gorda, también –dijo, quitándole la blusa–. Pero estabas tan hermosa cuando te vi en el funeral como si tuvieras acceso privado a la fuente de la eterna juventud. Me puso furioso.

–No me di cuenta –sonrió Jillian.

Dax siguió hablando:

–No paré de mirarte las piernas. Me costó enormemente no inclinarme a tocarlas.

Jillian hizo una mueca.

–Dale las gracias a todas esas horribles clases de aerobic.

–Lo hago, querida, no lo dudes.

Jillian rió, pero cuando Dax le quitó el sostén y lo deslizó por sus hombros, tomando sus senos entre las manos, la sonrisa murió en sus labios. Le acarició los pezones, con las palmas callosas abiertas sobre su piel, hasta que Jillian lo tomó por las muñecas en señal de protesta.

–Espera –dijo.

Le bajó los pantalones y ante la mirada ardiente de Dax y su respiración contenida, deslizó las manos por la cintura de sus calzoncillos y se los bajó, colocando las manos firmemente sobre sus nalgas.

Dax dio un paso fuera de sus pantalones y la ayudó a desvestirse del todo, antes de tomar sus manos y separarla de su cuerpo.

–Quiero verte –dijo con voz ronca–. Quiero tocarte y quiero estar dentro de ti.

Jillian se estremeció, excitada hasta la locura por la franqueza de las palabras y la evidencia de su deseo desnudo.

Se arrodilló ante ella. Tomó sus muslos entre las manos y los acarició, mirándola, descendiendo por las piernas hasta los tobillos y de nuevo hacia arriba.

–Debo estar obsesionado por tus piernas –dijo, con la voz tensa por el autocontrol–. Porque, preciosa, no dejan de excitarme.

Tras decirlo, la hizo levantar una pierna y la colocó sobre su hombro, un gesto que la dejó abierta y vulnerable, sonrojada. Pero cuando iba a protestar, Dax la hizo olvidar toda timidez, abriendo delicadamente la carne oculta para sus caricias. Jadeó al sentir los dedos de Dax descendiendo por su vientre, deteniéndose en el vello rubio, acariciando la delicada piel de sus muslos. Se inclinó a besarla y Jillian tembló ante la sensación íntima del aliento de Dax contra su carne.

Entonces, Dax liberó su pierna y la hizo arrodillarse ante él, abrazándola, presionando su erección contra su vientre. La tomó por la cintura y la besó ardientemente, obligándola a buscar el equilibrio asiéndose a sus hombros.

–Por favor –murmuró Jillian cuando la dejó respirar.

–¿Por favor qué? –su voz era profunda y ronca. La tumbó sobre el suelo y se puso sobre ella en un sólo movimiento fluido que la hizo gritar–. ¿Por favor, esto? –separó sus piernas y la acarició, haciéndola gemir sin coherencia–. ¿O por favor, esto? –y lentamente, con firmeza, entró en ella.

–Ah, qué bien –gimió cuando estuvo dentro–. ¿Te gusta esto?

Pero Jillian estaba demasiado excitada para una respuesta coherente y se limitó a jadear, mientras Dax empujaba con fuerza y dulzura, observando con pasión el gesto casi doloroso del goce de Jillian. Sus embites se fueron haciendo más violentos y Jillian lo siguió alzándose sobre los talones, moviéndose frenéticamente entre gemidos ahogados, hasta que ambos cuerpos se entregaron al placer y los movimientos se fueron frenando, mientras ambos buscando aire.

–Dios mío –dijo Dax cuando pudo hablar–. ¿Cómo he podido vivir sin ti?

–Yo no viví –Jillian sentía que el corazón iba tranquilizándose, pero rodeó la cintura de Dax con las piernas para impedir que se moviera–. Me limité a sobrevivir.

Dax gimió al sentirla de nuevo rodeándolo y luego dijo:

–Ahora empezamos a vivir.

Algún tiempo después, Dax se estiró y la sacó de un estado dulce de duermevela.

–Yo quería ser tierno –dijo contra su oído.

Seguían tumbados sobre la alfombra, demasiado a gusto para pasar a la cama.

–Cuando quiera ternura, te lo diré –bromeó Jillian–. Pero si no te ha gustado lo anterior, supongo que puedo permitirte que lo intentes de nuevo.

Dax rió sordamente.

–Oh, sí que me gustó, no creas. Pero quiero que seas feliz.

Las palabras la hicieron sentirse incómoda. Había aceptado aquella relación sin futuro y no deseaba nada de él, ni siquiera cariño, o sufriría demasiado al perderlo. Para cambiar de tema, Jillian se alzó sobre el codo y miró el reloj.

–Acaba de terminar el colegio de tu hija. Tenemos un cuarto de hora para parecer presentables antes de que llegue.

–¿Un cuarto de hora? –Dax se movió para ponerse sobre ella de nuevo.

–Más bien diez minutos. Y además no he comido y me muero de hambre –su estómago respondió con un quejido que los hizo reír.

Dax se puso en pie ágilmente y le tendió la mano.

–Está claro que no eres de esas personas que pueden vivir sólo de amor.

–Claro que no –se sentía cada vez más molesta, ante la inoportuna aparición de la palabra «amor» entre ellos, aunque sabía que no era más que un lugar común.

Se puso a recoger su ropa dispersa y comentó:

–Voy a ducharme. Me he pasado el día haciendo inventario y estoy cansada. Bajo en diez minutos.

Tras la ducha bajó a la cocina. La señora Bowley se marchaba pronto los viernes, y estaba poniéndose la chaqueta cuando Jillian entró.

–Está haciendo una tortilla –dijo la cocinera guiñando un ojo a Jillian–. No dejes que estropee mi cocina.

–Yo no nunca estropeo cocinas –dijo Dax–. Como tengo que limpiarlo luego, suelo tener cuidado.

Hubo un silencio y luego la señora Bowley dijo:

–A tu madre le encantaría oír eso. Ella pensaba que Jillian sabría meterte en cintura cuando os casaríais, y supongo que al final ha sucedido –fue hacia la puerta y al llegar se volvió con una sonrisa–. Os veo el lunes. Oh, casi me olvido –señaló un papel junto al teléfono–. Llamó un señor llamado Sullivan que dice que si quieres ir a un partido con él. Que lo llames –se dirigía a Jillian.

–Gracias –cuando la mujer salió, Jillian tomó la agenda–. Voy a llamarlo antes de que se me olvide.

–No vas a ninguna parte con él.

–¿Cómo dices? –miró a Dax, sorprendida por la dureza de su tono.

–Digo que no vas...

–Te he oído –sabía que su propia voz mostraba el dolor y la rabia–. Quiero saber por qué has dicho eso.

–Eres mi mujer –dejó el tenedor con deliberada calma–. No soy de esa clase de maridos tolerantes con las pequeñas aventuras sentimentales de sus mujeres.

–¿Aventuras sentimentales? –Jillian escupió las palabras–. Para tu información, especie de animal, la invitación de Ronan debe ser para los dos, con su esposa. Sin duda un gesto de amistad instigado por Deirdre.

Hubo un silencio tras sus palabras y el aire vibró de tensión.

Por fin, Dax expulsó el aire.

–Supongo que debo disculparme –dijo con un tono inseguro que no era habitual en él.

–Pues más bien –seguía tan enfadada que le hubiera pegado–. Nunca he salido con Ronan. Soy amiga de Deirdre desde que nos conocimos en un curso hace seis años y ella estaba casada con su primer marido. Tras conocer a Ronan se casaron en dos meses –se dio la vuelta con rabia–. Pero, ¿por qué te doy explicaciones?

–Lo siento mucho –las palabras mostraban un sincero pesar.

Sorprendida a pesar de su irritación, Jillian se dio la vuelta y el rostro contrito, avergonzado, de Dax, la sorprendió aún más. Preguntó con más calma:

–¿Tienes celos?

Dax dejó los platos en la mesa y fue hasta ella, suspirando de alivio cuando Jillian no rechazó su abrazo.

–Odio pensar en los otros hombres de tu vida.

–No han sido muchos –dijo Jillian con dulzura–. He salido con algunos hombres, pero no han sido importantes para mí.

–Bien –la besó y Jillian respondió a la desesperación de su beso, pues tenía los mismos sentimientos. No podía dejar de pensar en la madre de Christine, aunque empezaba a adorar a la pequeña. En realidad, parecía que el gran proyecto de Dax de enterrar el pasado estaba destinado irremediablemente al fracaso.

La cita fue mucho más agradable de lo que Dax había esperado. Había esperado hostilidad o al menos recelo por parte de los amigos de Jillian, pero por el contrario, se habían mostrado encantadores y relajados.

Así se había enterado de que tenían dos hijos y una hija, que los chicos eran los hijos del primer matrimonio de Deirdre. El rostro moreno de Ronan se iluminaba cuando hablaba de sus hijastros y Dax no pudo evitar recordar la sonrisa luminosa de Jillian cuando le había enseñado las buenas notas de Christine en el colegio.

La certeza de que Jillian había abierto su corazón a su hija le hizo sentirse humilde ante su generosidad. Tomó su mano y la apretó mientras buscaban sitio en el estadio, y se sintió reconfortado por su inmediata sonrisa.

Paseaban entre el numeroso público que se entretenía comprando toda clase de recuerdos, bufandas, gorros, trompetas, o bien haciendo cola en los puestos de comida, salchichas, patatas, refrescos, todo ordenado en los alrededores del nuevo estadio de béisbol de la ciudad.

Y también se sentía impresionado. Ronan había conseguido sitio en los mejores lugares, frente a la primera base. Soltó un silbido de admiración y dijo:

–Déjame que te pague las entradas.

Pero Ronan se negó.

–Ni hablar, son las ventajas de la fama. Aquí es dónde traigo a los editores para que me sigan pagando bien –sonrió.

Dax rió también y se concentró en el juego intenso. Le sorprendió todo lo que sabía Jillian del equipo local, pero luego recordó que había participado activamente en el equipo del colegio donde jugaba Charles.

Deirdre y Jillian salieron en un descanso y Ronan se inclinó hacia Dax, sonriendo, y tras unos comentarios sobre el juego, se sentó junto a él.

–Veo que Jillian sigue feliz tras unos meses de matrimonio. Debes haber sido buen chico.

Dax alzó una ceja.

–A lo mejor soy yo el que peligra.

–Eso sería justicia poética –comentó Ronan con gesto ausente mirando el campo.

–¿Por qué? –la conversación se estaba poniendo interesante.

Ronan se encogió de hombros y se volvió hacia él, sonriente.

–Digamos que Jill no vacilaría en salir a matar si piensa que alguien ha hecho daño a una de sus amigas.

Dax miró a Ronan con curiosidad.

–¿Te tocó a ti alguna vez?

–En una ocasión memorable –el escritor hizo una

mueca–. Tras conocernos, Deirdre y yo tuvimos una mala época. Jillian me hubiera explicado las reglas con más violencia si Frannie Ferris no hubiera estado allí para mediar.

Dax se echó a reír.

–Muy propio de Jillian.

–Pero, por otra parte –continuó Ronan–, una vez que está de tu parte, es para siempre. Y yo estoy en la buena lista ahora –su sonrisa satisfecha se hizo grave al mirar a Dax–. Fue una sorpresa que se casara así, de repente.

Dax se mordió el labio antes de admitir:

–No fue tan sorprendente. Fuimos novios hace mucho tiempo. Tuvimos una pelea, un gran malentendido, y yo me fui de la ciudad. Cuando volví –se encogió de hombros–... Nunca ha habido nadie como ella.

Ronan expresó su asombro con un silbido.

–Desde luego. Ahora entiendo por qué mantenía a todos los hombres a distancia –sonrió–. Aunque nunca he entendido cómo se las arreglaba para tenerlos como amigos después de darles calabazas. Es un argumento interesante para una novela.

–Siempre ha sabido manejar a los hombres –dijo Dax, que no quería pensar en la legión de admiradores que Jillian había tenido en su ausencia.

–Salvo a ti –había una pregunta en la afirmación de Ronan.

–Salvo a mí –dijo él, sin querer ofrecer más información.

–Deirdre ha estado preocupada –contó el otro hombre con un tono más frío–. No hemos sabido mucho de Jillian desde que se mudó a vivir contigo.

–Está bien. Pregúntale.

–Lo haré –Ronan se puso en pie y se retiró a su sitio–. Ha estado mucho tiempo sola. Me gustaría que estuviera con alguien que la quiera como yo quiero a mi mujer.

Las mujeres regresaron a los asientos y la conversación terminó. Pero dejó a Dax pensativo y preocupado por sus insinuaciones.

Él había adorado a Jillian. Más de lo que Ronan podía imaginar.

Y aunque hubiera tardado en reconocerlo, ya no le importaba el pasado. Charles había muerto y con él aquella etapa aciaga de sus vidas.

Quería pasar el resto de su vida con su esposa, encontrar la felicidad que debió empezar siete años antes. Quería que las cosas volvieran a ser como eran antes de su marcha, y sentía que Jillian deseaba lo mismo.

Capítulo Nueve

Aquella noche permanecieron tumbados en la cama después de hacer el amor.

Dax abrazaba a Jillian y le acariciaba con gesto ausente el brazo mientras miraba el techo.

–¿En qué piensas? –preguntó ella.

Dax se encogió de hombros en respuesta y luego giró la cabeza para besarla brevemente.

–Pensaba que no recuerdo haberme sentido tan feliz en toda mi vida –se giró hacia ella–. ¿Te pasa a ti lo mismo?

Jillian vaciló.

–Sí –reconoció con cautela.

Bajo su cuerpo sintió la risa ronca de Dax.

–Qué entusiasmo.

Pero Jillian no rió. No podía. Y al sentir su silencio grave, Dax se alzó para mirar su rostro a la luz de la lamparilla que habían dejado encendida.

–¿Qué te pasa?

Jillian tomó aire.

–Pensé que me bastaría con esto, pero no es así.

–¿Qué quieres decir con «esto»?

–No puedo ignorar el pasado –Jillian le puso una mano en la mejilla–. No dejo de pensar que no me has dejado que te explique lo que pasó aquella noche.

–Oh, por favor –Dax volvió a tumbarse–. Te he dicho que ya no me importa. ¿No es suficiente?

–No, para mí no lo es –habló con calma y decisión. Jillian no podía aceptar que la quisiera pensando que lo había traicionado. Aquello hacía abyecta su relación.

Hubo un silencio espeso en la habitación, cargado de amenazas.

–Si es tan importante para ti, te escucho –su voz no tenía entonación.

Jillian tomó aire.

–Lo que viste –lo que creíste ver– esa noche, no fue real. Oíste que Charles me decía que me quería, pero sacaste una frase de contexto. Charles tenía efectivamente una aventura, pero no conmigo.

–¿Con quién?

–Con la esposa del gobernador.

–¿La esposa del gobernador? –Dax se irguió a mirarla–. ¿Esperas que me crea eso?

–Espero que me escuches –replicó Jillian sin perder los nervios–. El gobernador los encontró juntos. Tu madre se puso furiosa al conocer el desaguisado, pues estaba a punto de convencerlo de que ofreciera una serie de ventajas fiscales a las industrias locales como Piersall, y aquello podía terminar con toda la operación.

–No me extraña, si es cierto.

«Si es cierto». No se creía ninguna palabra que saliera de su boca. Jillian se puso la sábana sobre el pecho, pues no se sentía cómoda desnuda ante Dax.

–Tu madre tomó el control de la situación y se empeñó en que Charles se casara con Alma Bender, una chica de una familia conocida. Habían salido juntos un par de veces y al parecer, ella estaba loca por él. Desafortunadamente, el idiota de tu hermano no había visto la joya que era Alma.

–Hasta que tú se lo explicaste, claro –su tono era sarcástico, pero Jillian lo ignoró.

–No exactamente. Charles vino a llorarme el día en que lo pillaron in fraganti, para contarme toda la absurda historia. ¿Recuerdas cómo solíamos hablar de nuestros amores?

–Recuerdo –murmuró Dax– que os lo contabais todo, absolutamente.

–No todo –Jillian habló con humor, intentando aligerar el ambiente–. Nunca le conté nada íntimo de nosotros.

Dax no respondió.

–El caso es que Charles vino a casa después de hablar con tu madre. Yo sabía que ibas a pasar a verme, y pensé que no le importaría hablar contigo del asunto. Estaba tumbado en mi cama, como siempre hacía.

–Contigo dentro.

–Yo estaba bajo la manta y él encima y sólo nos abrazábamos, pero eso es una tontería. Sabes de sobra que siempre tuvimos esa clase de conversaciones nocturnas, desde niños. Esperaba que yo lo consolara, pero lo que hice fue decirle que creciera de una vez y se hiciera responsable.

–Y entonces te oí decirle que lo querías.

–Sí, así fue. Yo quería a tu hermano. No como te quería a ti, pero era mi mejor amigo.

Dax no dijo nada. Jillian lo miró, pero su rostro era un muro inexpresivo.

–Me contó que quería a Alma como a una amiga, como me quería a mí, y que no podía casarse con ella. Te juro, Dax, que nunca sentí algo que no fuera amistad por Charles. Al final se casó con Alma, y sé que llegó a enamorarse de ella y que la amó profundamente hasta el día de su muerte.

Se detuvo. ¿Qué más podía decir?

Dax no se había movido. Miraba la pared, pero Jillian sabía que no la veía. Los segundos se hicieron eternos y empezó a sentir que su corazón se rompía una vez más por la vieja herida que recientemente había empezado a sanar.

No la creía. Jillian había estado loca al pensar que bastaría con contarle la verdad, para que la creyera.

Suspiró, derrotada, y se tumbó sobre la cama, esperando que apagara la luz para deslizarse fuera. Y dispuesta a no llorar hasta encontrarse sola en su habitación.

Sintió que Dax se tumbaba también. Y de pronto sintió todo su peso y los brazos fuertes que la rodeaban. El dolor del abrazo fue tan exquisito que Jillian se preguntó si se podía morir por un corazón roto.

–Preciosa...

–¿Qué? –estaba rígida.

–¿Te sientes mejor?

–¿Cómo? –se giró entre sus brazos para mirarlo.

–Has querido contarme esto durante mucho tiempo. Ahora podemos empezar de nuevo.

–No me crees.

Dax guardó silencio. Después suspiró.

–No lo sé. Te juro que no lo sé. Pero no me importa. Pasó hace mucho tiempo. Sólo quiero que olvidemos el pasado y gocemos de lo que tenemos ahora. Te quiero más de lo que he querido a otra mujer. ¿No te basta con eso?

Era lo más cercano a una declaración de amor que Jillian podía obtener. Pero el orgullo era más fuerte que la emoción. Quería que la creyera, quería reparar el pasado y no sólo olvidarlo.

Pero si lo quería a él, tendría que aceptar que nunca la creería del todo. ¿Estaba dispuesta a vivir así, con aquella falla enorme en su relación?

De pronto, Dax le tomó el rostro con las manos y murmuró:

–Por favor, no me dejes. Te necesito.

Y Jillian se sintió perdida. Si lo rechazaba, pasaría el resto de su vida con la soledad de los últimos años. Y por mucho que su corazón tuviera una grieta, Dax la necesitaba. Lo había admitido, le había pedido que se quedara con él.

Y lo amaba demasiado para abandonarlo.

El otoño empezaba al fin a hacerse notar, y había un soplo frío en el aire cuando Jillian entró en el bar en el que se había citado con Roger el miércoles por la tarde. Roger la esperaba junto a la barra y cuando Jillian se sentó en un taburete a su lado, el hombre se levantó para saludarla con un correcto beso en la mejilla.

–Hola –saludó Jillian–. ¿Cómo estás, Roger?

–No demasiado bien, para serte sincero.

El buen humor de Jillian dejó paso a la preocupación.

–Lo siento. ¿Cuál es tu problema?

–Tu marido es mi problema –respondió Roger en voz baja.

–¿Dax? –Jillian estaba atónita. No entendía qué podía reprocharle Roger, que había mantenido su puesto, a Dax–. ¿Qué quieres decir?

–¿Has mirado los informes financieros de la empresa? –preguntó Roger–. Bueno, ya sé que no dicen nada para quién no es experto, pero es bastante claro para los que sabemos descifrarlo.

Era evidente que Roger ignoraba hasta qué punto ella participaba en las decisiones que tomaba Dax, pero consideró que era prudente no sacarlo de su error.

–¿Qué es lo que está claro?

Roger suspiró pesadamente.

–Oh, Jillian, odio preocuparte con todo esto. Si no me importara Piersall, lo olvidaría.

Iba a estrangularlo si no empezaba a soltar lo que sabía. De manera que mantuvo la pose frívola a duras penas.

–Vamos, Roger, sabes que nada me preocupa mucho tiempo. ¿Quieres contármelo de una vez?

–Verás –intentó buscar las palabras, y luego suspiró otra vez–... Como accionista tienes derecho a saberlo. Creo que tu marido está intentando arruinar a la compañía.

–¡Arruinar a la compañía! –no tuvo que disimular para parecer escandalizada–. ¿Cómo iba a hacer tal cosa?

–Cuando alguien tiene el control en sus manos, como le pasa a Dax, es muy fácil que tome decisiones que no son buenas para todos, no sé si me explico.

–No te explicas nada.

–Tu marido ha estado sistemáticamente minando todas las buenas prácticas comerciales que hemos mantenido en Piersall durante años. La empresa no puede seguir perdiendo recursos de esta manera y claro, el precio de las acciones está bajando. Creo que está haciendo un esfuerzo para que la empresa se debilite y bajen los precios y adquirir así el resto de las acciones.

Jillian tuvo que controlar una oleada de ira. ¡Así que Roger era el traidor! Estaba acusando a Dax de lo que había estado haciendo desde antes de la muerte de Charles. La rabia la sacudió al pensar que aquel hombre había traicionado al pobre Charles y ahora intentaba arruinar los esfuerzos de Dax, el futuro de Christine, su propia vida. Logró decir en voz alta:

–No entiendo. Si la compañía va mal, las acciones no sirven de nada, ¿no?

Roger sonrió con indulgencia.

–La cosa es como sigue: si las acciones no valen nada, alguien puede hacerse con el lote. Luego vuelve a poner a flote la empresa, puesto que sus problemas no son reales, y ha multiplicado su capital. Puede vender caras las acciones y mantener el control.

–¿No estarás diciendo que se está enriqueciendo a costa de los demás?

Roger asintió con aire contrito.

–Me temo que es eso. Pero no te preocupes, no creo que te afecte a ti.

–¿Y qué debo hacer? ¿Simular que no pasa nada?

Su voz había subido y Roger se inclinó hacia ella y le apretó la mano.

–Odio ser yo quién te ha dicho esto.

–Pero... ¿hay algo que puedas hacer? ¿Por eso me

lo has dicho? ¿Hay alguna posibilidad de pararlo? –qué pena no haber grabado esa conversación, pensó Jillian. Pero, ¿quién lo hubiera pensado?

Roger se inclinó de nuevo para decir:

–Sólo hay una manera, querida. En la siguiente reunión, tendrás que votar contra él –hizo una pausa–. Comprendo que esto es pedirte demasiado, pero...

–Roger, Jillian, ¿puedo unirme a vosotros? –Gerard Kelvey los saludó cordialmente.

Roger se levantó y mostró una gran sorpresa, pero su alivio era tan patente que Jillian supo en seguida que su encuentro no era casual. Gerard, el más antiguo de los accionistas, amigo del padre de Dax, había estado trabajando en la sombra para arruinarlo.

Gerard tomó asiento junto a ellos y Roger lo miró a los ojos.

–Me alegra que hayas aparecido precisamente ahora. Le he estado contando a Jillian nuestra preocupación sobre las actividades de Dax.

–¿Y?

Incluso siendo niña, a Jillian nunca le había gustado Kelvey. Era esa clase de adultos que los niños detestan por instinto. Y ahora sabía por qué. Era un ser despreciable y cobarde, lleno de avaricia.

–Estoy asombrada –dijo–. No me lo puedo creer.

–Yo sentía lo mismo –comentó Gerard con aire de pesar.

–Y yo –Roger no pudo resistir la ocasión de unirse al coro.

–No obstante –Jillian dedicó a cada uno de los hombres una sonrisa deslumbrante– dudo que estemos asombrados por el mismo motivo.

Dos pares de ojos la miraron con desconfianza. Ella prosiguió:

–Soy licenciada en contabilidad y auditoria. Dax me ha contado todas las cosas interesantes que ha encontrado en los libros.

Los ojos de Roger se abrieron por la sorpresa. Gerard pestañeó varias veces e intentó sonreír.

–¿Cuál de los dos es Shallott, sociedad limitada? ¿O esta semana toca otro nombre? –preguntó sin dejar de sonreír–. ¿O pensasteis que Dax no era lo bastante listo para descubrirlo? Sabíamos que alguien estaba comprando acciones a escondidas, pero no nos preocupaba demasiado porque nuestra familia sigue controlando la mitad –se levantó–. Odio perder el tiempo de hombres tan ocupados, así que seré breve. Mi familia va a seguir administrando Industrias Piersall y mis votos son de mi marido, como los suyos son míos.

Gerard miró a Roger con desprecio.

–¿No decías que era manejable? ¡Qué estupidez! –sin más, el hombre mayor se dio la vuelta y salió del local.

El silencio acompañó a su partida. Jillian miró la cara pálida de Roger y procuró controlar la ira que sentía.

–Gerard tiene razón –dijo con voz tensa–. Esto ha sido una estupidez, pues nunca traicionaría a Dax. Es el único hombre al que he amado en mi vida.

Como frases de despedida, esa había sido extraordinaria. Una pena que Jillian estuviera demasiado agitada para apreciar su ironía. Durante el trayecto a su casa, se esforzó en calmar sus nervios y parecer contenta. No había razón para preocuparse. Dentro de un tiempo, le contaría lo sucedido a Dax y ambos reirían.

Pero por otra parte, se dijo, con el fatalismo que se había hecho parte de su carácter, Dax no la había creído al contarle lo de Charles. ¿Acaso iba a creerla ahora? Quizás fuera mejor callar y esperar a que todo se calmara en la empresa.

La semana le pareció eterna. El viernes por la tarde, mientras se dirigía al dormitorio que compartía con su mujer, Dax pensaba con preocupación que de nuevo tres de los accionistas habían vendido en la última semana.

Uno de ellos lo había llamado para justificar que no había podido resistirse a una buena oferta. Dax se había puesto a hacer llamadas y descubrió otras dos ventas. Naomi Stell lo informó de que ella misma había tenido una oferta muy interesante que había rechazado. No conocía al comprador, pues sólo había hablado con un intermediario.

Dax calculó que el que estaba detrás de aquella maniobra debía controlar alrededor del treinta y cinco por ciento de los votos.

Técnicamente no debía preocuparse, pues seguía manteniendo el control de la junta.

Siempre que él y Jillian votaran juntos.

Jillian no le había entragado su voto, pero eso no le preocupaba, pues era su mujer y estaban de acuerdo en su voluntad de salvar la empresa.

Y no quería intranquilizarla de ninguna manera, teniendo en cuenta el humor extraño, algo callado, que había mostrado desde que le había contado, el domingo anterior, su versión de los acontecimientos del pasado.

¿Qué era lo que esperaba de él? ¿No era suficiente que la hubiera perdonado?

Pues Dax quería creerla. Lo deseaba, pero no se atrevía a confiar...

–¿Papá? –Christine salió de su cuarto, vistiendo el traje de baile que le había regalado Jillian por su cumpleaños y llevando en brazos una muñeca.

–Hola, cielo. ¿Te estás preparando para bailar ante tus admiradores?

Christine rió, música celestial para sus oídos. Dax se dio cuenta de que la niña actuaba cada vez más como era propio de su edad, y no como la temerosa adulta en miniatura que había sido los últimos años.

–Papá, la tía Marina llamó a Jill hace un rato para

141

ver si puedo ir a pasar la noche con ellos –Christine parecía fuera de sí de emoción–. ¿Me dejas ir?

Dax simuló reflexionar.

–Bueno, creo que puedo dejarte. Si prometes no comer con las manos ni bailar sobre las mesas.

La niña rió de nuevo.

–Eres tonto, papi –con el rostro radiante, la niña se lanzó escaleras abajo–. Voy al jardín a jugar con Elizabeth.

Iba a preguntar quién era Elizabeth cuando comprendió que hablaba de la muñeca. Mientras decidía buscar a su mujer, pensó que casarse con ella había sido la decisión más inteligente de su vida.

La encontró en el dormitorio guardando ropa en los cajones. Se quedó en la puerta, en silencio, observándola durante unos minutos, disfrutando de tenerla en su casa.

Y de pronto la mujer se movió, todavía sin verlo, y Dax pudo contemplar su rostro en el espejo. Sintió que se le helaba la sangre en las venas.

Jillian parecía triste. O más bien parecía desolada, desesperanzada, con una mirada vacía que había visto en ella varias veces cuando creía estar sola.

Un pensamiento desagradable cruzó su mente. ¿Echaría tanto de menos a Charles?

Y entonces, Jillian alzó los ojos y lo descubrió en la puerta. Al momento le dedicó la cálida sonrisa que iluminaba su rostro cuando estaban juntos.

–¡Hola, guapo! –saludó.

Dax fue hasta ella para besarla y le quitó la ropa de los brazos para poder abrazarla a gusto.

–Hola, llevo todo el día esperando esto.

–Chrissy está en casa –advirtió Jillian con una sonrisa–. Así que tendrás que esperar un poquito más.

Dax no le devolvió la sonrisa.

–Preciosa, ¿eres feliz?

Ella se quedó rígida entre sus brazos.

–¿No parezco feliz?

–No lo sé –Dax la acarició, consciente de no haber recibido una respuesta–. ¿Lo eres?

Jillian lo abrazó y se puso a besar su cuello, ocultando así los ojos.

–Soy feliz –dijo–. Cada mañana me despierto y me pellizco para estar segura de que esto es real.

–Pues vete acostumbrando –dijo Dax, olvidando su ansiedad ante la oleada de pasión física–. Va a ser real el resto de tu vida.

–Me lo tomo día a día –replicó Jillian.

La frase lo desconcertó hasta que se dio cuenta de que nunca habían hablado del futuro. Pero Jillian le estaba mordisqueando la oreja, y no pudo seguir pensando. Si su vida era perfecta, ¿por qué preocuparse?

Se separó de ella un instante para cerrar la puerta.

–¿Qué te parece si intento convencerte de que soy real? –musitó.

Dos horas más tarde, Jillian llevó a una emocionada Christine a casa de Marina para que pasara allí la noche. Dax aprovechó la soledad para encerrarse en su estudio y comprender unas cuantas operaciones extrañas descubiertas en la contabilidad.

Veinte minutos más tarde, sonó el timbre, interrumpiendo sus pensamientos. Para su sorpresa, Gerard Kelvey estaba ante su puerta.

–Gerard, entra. ¿Qué puedo hacer por ti? –automáticamente tendió la mano al hombre. A Dax nunca le había gustado mucho, pero era amigo de su padre y un hombre mayor. No ignoraba que la antipatía era mutua: a Gerard no le gustaba el estilo de Dax y había votado contra él en todo momento.

Gerard vaciló, simulando una timidez impropia de su carácter.

–Necesito hablar contigo, Dax. Es sobre la empresa.

–¿Quieres acompañarme al estudio? –Dax le hizo

143

sentarse y le sirvió una bebida antes de preguntar–. ¿Qué te preocupa?

Kelvey carraspeó.

–Ya sabes que ha habido... bueno, ciertos movimientos de capital en las últimas semanas. O eso me han dicho.

¿Quién se lo había dicho? Aquella información no era pública. En voz alta, Dax respondió:

–Así es. ¿Eres uno de los compradores?

Kelvey asintió.

–Lo era.

Dax observó el uso del pasado.

–Me pregunto por qué –dijo–. Al fin y al cabo, no podéis llegar a controlar la empresa. ¿Quién más está en esto?

–Roger. Fue idea suya –Gerard movió la cabeza, como disgustado consigo mismo–. Ojalá no le hubiera hecho caso. Tu padre... tu padre era amigo mío. Me ofreció la oportunidad de invertir en Piersall hace treinta años y he defraudado su confianza –miró a Dax–. Me disculpo. Si quieres que abandone la junta, lo haré.

Así que Roger Wingerd había sido el que había engañado a Charles. Lo que no era difícil dada la cantidad de poder que su hermano había dado al experto en finanzas. Dax se puso en pie y tendió la mano a Kelvey.

–Gracias por contármelo. No hay daño hecho. Sigo manteniendo el control de la empresa.

–Wingerd hubiera podido lograrlo, si Jillian hubiera aceptado votar con él.

Dax se quedó de piedra. ¿No era aquella su preocupación desde el principio?

Se preguntó si Jillian sería capaz de hacer algo así. Pero supo que no, que nunca le traicionaría.

Jillian nunca le había mentido. Le había dicho que no se había acostado con su hermano y se había quedado a su lado aunque él no había sido capaz de

144

reconocer su error. Jillian lo amaba y nunca le había hecho daño.

La enormidad de su error estalló en su mente como una granada, destruyendo su rabia tantos años construida, su odio y resentimiento. Ella siempre le había dicho la verdad, desde el principio, y él se había negado a creerla y había destruido sus vidas.

¿Qué había hecho?

De pronto oyó unos pasos en la escalera y salió del estudio. Jillian estaba subiendo y cuando la llamó, la mujer se dio la vuelta y lo miró con tanto dolor que a Dax se le partió el corazón.

–Cielo... –tendió la mano.

–Pensaste que yo podía hacer eso –sus labios temblaban y estaba mortalmente pálida–. Vi tu expresión cuando Gerard mencionó mi nombre. Pensaste que yo podía formar parte de esa conspiración.

–No... sólo un instante... –fue a alcanzarla, pero Jillian corrió escaleras arriba sin darle tiempo a seguirla.

Dax echó prácticamente a Kelvey, que se empeñó en contarle por el camino la reunión que Roger había arreglado con su mujer. Dax apenas lo escuchaba: sabía en qué estaba pensando Jillian. Y sabía que tenía razón.

Capítulo Diez

Jullian cerró la puerta de su habitación con un portazo y echó el pestillo. Pero aquel no era su cuarto. Era el cuarto en el que había dormido cuando llegó a aquella casa. Durante unos instantes se apoyó en la puerta, reclinando la frente sobre la madera fresca y respirando pesada, dolorosamente.

Al volver a casa, había visto el coche desconocido aparcado fuera, y había escuchado las palabras de Gerard en el preciso instante en que entraba al estudio.

Y luego había leído la duda en los ojos de su marido.

—¿Jillian? —se movió el picaporte y Jillian se apartó de la puerta como si le hubiera dado una descarga eléctrica—. Por favor, preciosa, déjame entrar. Tenemos que hablar.

Jillian no respondió. No podía hablar.

—Por favor, Jill, no me dejes fuera. Déjame que te explique.

«Déjame que te explique».

¿Qué querría explicarle? Jillian se sentía cómo si llevara toda su vida intentando explicarse ante Dax. Y no le había servido de nada. En todo caso, había logrado que confiara menos en ella y siempre sería así. Había llegado el momento de dejar de engañarse.

—Bueno —Dax estaba allí, del otro lado de la puerta—, puedo ir a buscar una llave para abrir esta puerta, pero respeto tu intimidad. Hablaremos por la mañana.

Lentamente, Jillian cruzó la habitación y se dejó

caer sobre la cama. Abrazó la almohada e intentó que el dolor que sentía en su pecho no la hiciera estallar en pedazos.

Por la mañana se marcharía. Tendría que buscar otro alquiler para su tienda, puesto que iba a romper el acuerdo prenupcial. Pero no podía seguir a su lado. Se había equivocado al pensar que aquel matrimonio forzado y nacido de la rabia y el rencor podía llegar a funcionar.

Se había equivocado al creer que podía vivir sin su amor por el resto de su vida.

Al amanecer, la consciencia de dormir solo despertó a Dax. Y junto con la terrible sensación de no tener a Jillian entre sus brazos, nació un miedo profundo. Miró el reloj y comprobó que eran sólo las seis. Sin duda, Jillian no se había movido, pero por si acaso, se levantó.

No necesitaba verstirse porque había dormido con ropa por si tenía que salir corriendo detrás de su esposa.

En el baño recordó que Christine no dormía en la casa y que la señora Bowley libraba esa mañana. Estaban solos, lo que le convenía.

Siempre había sabido que Jillian era una mujer extraordinaria. En las horas de vela de la noche anterior había repasado todo el daño que le había hecho y comprendido que podía perderla para siempre.

Una mano de hielo apretó su corazón al pensar que Jillian ya no lo quería. Su única esperanza era que una vez más, Jill fuera la más generosa de los dos y lo perdonara, y aceptara quererlo como había aceptado a su hija.

Tomó aire. Estaba muy asustado, ahora que había entendido cuánto la había hecho sufrir. Tendría que poner todas sus fuerzas para romper el muro que la mujer había construido a su alrededor. Ahora lo sabía y lo quería todo de ella: no sólo la alegría, también las penas, las lágrimas, todo.

Y si no podía tenerla, tendría que sangrar a su vez, pero no le haría reproches. Aunque no pudiera salvar el amor que hubo una vez entre ellos, quería que Jillian volviera a ser la mariposa de alegres colores, llena de vida, que él había conocido y amado.

Atravesó el pasillo con una sonrisa en los labios, acariciando su plan.

Su puerta ya no estaba cerrada con llave y Jillian estaba haciendo exactamente lo que Dax había imaginado: sus maletas. Alzó la cabeza al verlo, pero no dijo nada y siguió guardando la ropa.

Aquella mañana no había mucha vida en ella. De todo lo que había sucedido desde su regreso, aquello era lo peor que podía pasar: lenta pero de forma implacable, la mujer resplandeciente que había conocido se iba muriendo.

Tenía los hombros caídos mientras andaba del armario a la maleta abierta sobre la cama y sus gestos eran desvaídos y sin vivacidad, como si el esfuerzo fuera excesivo. Y debía serlo, porque de pronto, dejó caer unas prendas y dijo:

–Mañana mandaré a alguien a recoger el resto –hizo un gesto lánguido señalando el armario e intentó una sonrisa. Pero Dax estaba en mitad del cuarto, sin sonreír y bloqueando la puerta y al fin Jillian tuvo que mirarlo.

–¿Huyes de algo?–las palabras eran provocadoras, pero toda su ira era contra sí mismo. ¿Dónde estaba la mujer valiente y fuerte que había conocido? ¿Cómo había podido hundirla hasta ese extremo?

–No, sólo me marcho –dijo Jillian con su mirada perdida.

–Como he dicho, huyes –Dax hizo un esfuerzo para no tirar la maldita maleta por la ventana.

–A diferencia de ti, yo no huyo de nada –Jillian eligió las palabras con cuidado.

Dax alzó la ceja, odiando hacerle daño, pero buscando el punto de vitalidad y orgullo que anidaba en Jillian bajo las capas de su sufriente indiferencia.

–A mí me parece que huyes.

–Pues puede ser –dejó unos zapatos y lo miró–. Al fin y al cabo, tú eres el experto en el arte de abandonar a los que te quieren –fruncía el ceño y tenía las mejillas rosas de rabia. Allí estaba por fin el enfado que esperaba. Perfecto.

Encantado, Dax buscó su sonrisa más cínica para decir:

–Tienes una buena excusa, ¿verdad? Yo tengo la culpa de todo lo que no te ha salido bien en la vida.

–Eso no es verdad –hubo una nota nerviosa en su voz.

–Oh, sí, lo es –dio un paso hacia ella, que no se movió–. No te casaste, ni tuviste hijos. Y te puso enferma conocer a Christine, y tener que vivir con la hija de otra mujer te enfurece.

–Mira, admito que eso me sacó de quicio, y ojalá hubiera odiado a tu hija. Pero no puedo –su voz se fue alzando hasta casi gritar–. Ella no es un combinado de genes entre tú y esa mujer que tanto te gusta recordarme. Es un ser humano al que quiero.

Lo acusó con un dedo extendido.

–¿Sabes lo que no soporto? Te lo diré. No tiene nada que ver con Christine –sus ojos lanzaban llamas–. Yo creía que nos amábamos, Dax. Ibamos a casarnos porque había amor entre nosotros. Y en la primera oportunidad, te echaste en brazos de otra mujer. Eso me dice cuánto te importaba mi amor.

–Ya te lo expliqué –Dax quería discutir con Jillian, pero no se había preparado para el estallido de furia que lo esperaba–. Y te equivocas. Me importabas más que nada en el mundo.

–Me da igual –replicó Jillian–. No sólo me dejaste, sino que me reemplazaste en meses.

Le hubiera recordado que nadie podía reemplazarla, pero ver la rabia y el orgullo en Jillian era casi un alivio, comparado con la mujer deshecha que había temido encontrar.

–Yo esperé muerta de pena como un perrillo patético, esperé tu perdón por algo que nunca hice –habló con amargura–. Y anoche, comprendí al fin lo que piensas de mí. Fue muy pedagógico, Dax, de verdad.

–Yo sabía que nunca votarías contra mí –dijo Dax a la defensiva–. Y tenía razón. Gerard me lo contó todo sobre tu cita con Roger –su voz bajó–. Me dijo que tenía suerte por tener una esposa que me quisiera tanto.

–Ya no te quiero –replicó Jillian, gritando de nuevo–. No te querría aunque fueras el último hombre sobre la tierra.

–Mentirosa –dio un paso hacia ella, dispuesto a calmarla.

Pero Jillian agarró un jarrón chino que había sobre el aparador.

–Hey, espera –Dax sólo tuvo tiempo de apartar la cabeza antes de que el jarrón se rompiera en mil pedazos contra la pared–... Preciosa, yo...

–¡No vuelvas a llamarme de esa forma estúpida! –un libro golpeó su hombro y mientras Jillian buscaba algún otro objeto pesado, Dax se lanzó sobre ella en un salto y ambos cayeron sobre la cama, rodaron y fueron a dar en el suelo. Dax puso la espalda para amortiguar el golpe, y no soltó su presa.

–No es un nombre estúpido –gimió, mientras la colocaba a su lado. ¿Cómo alguien de aspecto tan frágil podía ser tan fuerte? La tomó por las muñecas para evitar que lo arañara y tuvo que ponerse sobre ella para detener su rodilla dirigida letalmente contra sus partes más delicadas.

–Lo es –dijo Jillian.

–Preciosa, preciosa, preciosa, preciosa, preciosa –por fin estaba sobre ella, forzándola a la quietud con todo su peso.

–Para, Dax –seguía mirándolo con ojos que lanzaban chispas–. Y ponte encima de otra. Quiero marcharme.

–Tenemos un trato –le recordó Dax.

–Es nulo de pleno de derecho. Te entrego mis acciones a cambio.

–¿En serio? Qué pena –comentó Dax–. Porque no voy a permitir que te marches. ¿Quieres decir algo más?

–Quiero decir que no te ha bastado con obligarme a casarme contigo y a vivir con tu hija, todo lo resuelves forzándome. Si no fuera por la fuerza y por la seducción, te hubiera mandado a paseo hace mucho tiempo.

Dax se echó a reír.

–¿Es eso lo que te da rabia? –bajó la cabeza hasta casi besarla–. Estás tan acostumbrada a manejar a los hombres, que no puedes soportar que no te funcione conmigo. Y ambos estamos igual de seducidos. Antes de volver a insultarme, podías pensar por qué no nos podemos separar.

–Sexo –pronunció la palabra con desgana y rabia.

–Es más que eso –Dax habló con dulzura–. Es mucho más. Eres la mitad de mi alma. Una vez dijiste que separados sólo sobrevivimos.

–Prefiero sobrevivir a estar medio muerta.

La tristeza de sus palabras lo calmó al momento.

–Perdóname –dijo.

–¿Por qué? ¿Por existir?

–Por ser el imbécil inmaduro que abandonó a la única mujer en el mundo a la que podía amar. Anoche comprendí, cuando no me dejaste que te explicara nada hasta qué punto confío en ti. Sé que nunca hubo nada con Charles. Yo tengo la culpa de todos los años perdidos –bajó la cabeza y la besó tiernamente en la frente–. Y sigo amándote, Jillian. Eres la única mujer a la que he amado.

Los ojos de Jillian se llenaron de lágrimas. Dax

sintió cómo su cuerpo se destensaba y los sollozos llenaban su garganta.

–¿Sabes cuánto deseaba escuchar eso? ¿Cuántos años he esperado a que volvieras y me dijeras que me querías? Tú... especie de canalla...

La esperanza y el alivio empezaron a renacer en el interior de Dax y tomó aire, forzándose en respirar:

–Dime que no te irás.

–Dame una buena razón por la que deba quedarme.

Dax dudó y luego dijo de corrido:

–No quiero vivir sin ti. Si me rechazas y te marchas, estarás cometiendo un error tan monstruoso como el que yo cometí hace siete años –soltó sus muñecas para acariciarle la mejilla.

Unos ojos azules como el cielo, y tan húmedos como una mañana de primavera, buscaron los suyos para leer en su alma.

–Quisiera creer que podemos...

–Si confiamos, podremos...

Jillian abrazó su cuello y suspiró temblorosamente.

–No quiero vivir sin ti, pero...

–Déjame que te lo repita. Me equivoqué. No podemos olvidar el pasado. Pero podemos aceptarlo y superarlo –se atrevió a sonreír–. Y sé que a ti te gustan los retos.

–Me conoces bien. Me rindo –alzó la cabeza y lo besó con dulzura.

Dax tardó un segundo en comprender que había ganado. Y de pronto su futuro le pareció de nuevo brillante, tan brillante como los ojos de la mujer que tenía en sus brazos. Junto con la alegría, renació su deseo y la besó con más pasión que nunca.

–Te quiero, Dax.

Dax se colocó sobre Jillian y la miró, mientras su futuro se abría en mil posibilidades de felicidad.

–Yo también te quiero, preciosa. Nunca sabrás hasta qué punto.

Le brillaron los ojos y rió debajo de su cuerpo.

—Bueno, supongo que vas a intentar demostrármelo.

Mucho tiempo después, Jillian levantó la cabeza para mirarlo.

—Empieza a gustarme el sexo en el suelo.

Dax rió.

—Perfecto, porque esta casa está llena de suelos.

—Por supuesto, cuando esté embarazada, tendremos que olvidar los suelos.

Dax no respondió y cuando Jillian giró de nuevo la cabeza, captó el brillo de lágrimas en sus hermosos ojos negros.

Luego habló, y tenía la voz ronca de emoción.

—Cuando estés embarazada, tendremos mucho cuidado. Deseo tener un hijo contigo más de lo que deseo nada en el mundo. Exceptuando tu amor.

«Mi amor». Jillian lo abrazó y supo que aquello era real. Finalmente, Dax había vuelto a casa.

Epílogo

De nuevo, el cálido verano indio de la costa, pensó Jillian. Sólo que todo era diferente aquel septiembre. Miró a Dax levantarse de la tumbona, riendo y pensó que era irresistible.

Todos lo eran, pensó con amor, mirando a los cuatro hombres celebrar entre gritos y saltos el triunfo de su equipo que la radio acababa de anunciar.

Dax, Ronan y Ben se golpeaban las espaldas y amagaban un baile inventado para la ocasión mientras Jack se golpeaba el pecho en una cómica imitación de tarzan.

Jack era un payaso, pero en lo relativo a su mujer, era más que serio. Adoraba tanto a Frannie que a Jillian le emocionaba verlo actuar con su mujer y sus niños.

Christine estaba jugando con la pequeña Brittany, haciéndola reír, mientras Frannie se preparaba un sandwich. Todos estaban en el jardín de Jillian, disfrutando de la piscina. Chrissy iba a echar de menos a los niños cuando empezara el colegio, pensó mirando cómo la entusiasta Maureen, la pequeña de Deirdre, se agarraba a sus piernas en un ataque de amor infantil.

Ronan agarró a su hija de dos años cuando estaba a punto de trepar sobre su madre y la puso sobre sus hombros.

«Querido Ronan». Había curado el corazón malherido de Deirdre y la había envuelto en tanto amor que nadie podía reprocharle su inicial inmadurez en la relación. Y quién era ella para hablar de inmadurez.

Además apreciaba a Ronan sinceramente. El hombre había aceptado a sus hijastros en su corazón y se había hecho cargo de todo y cualquiera capaz de querer a esos dos –pensó Jillian con humor al ver cómo se disponían a abrir una lata de refresco contra la espalda de Jack– se había ganado el cielo.

Ben advirtió a Jack de la maniobra de los dos salvajes y éste se volvió y se puso a perseguir a los chicos, que corrieron entre risas por el jardín. Ben los miró riendo hasta que se dio cuenta de que el pequeño John Benjamin había tomado la lata e intentaba descubrir cómo abrirla. Así que fue hasta él con la gracia innata que Jillian tanto admiraba, y levantó al pequeño dando vueltas con él a pesar de las protestas de Marina.

Marina había tenido suerte al conocer a un hombre como Ben poco después de enviudar. Jillian había pensado a veces que era demasiado soberbio y autoritario, pero le hacía gracia pensar en lo que se parecía a su moreno, guapo y autocrático esposo. A veces, Dax y Ben parecían hermanos.

Mientras los adultos empezaban a repartir helado entre los niños, Dax dejó a los demás y se inclinó sobre ella.

–¿Qué tal está? –preguntó, mirando con adoración a su hijo de dos meses que se alimentaba del pecho de Jillian–. ¿Y cómo estás tú? ¿Cansada? Me ocuparé de todo si quieres ir a echarte la siesta.

Jillian sonrió y negó con la cabeza, mientras colocaba al pequeño Charlie en mejor posición. Su corazón estaba repleto de amor mientras miraba a su bebé y a su marido.

Tendió el niño a Dax para que lo paseara mientras ella se cerraba el vestido.

–Está muy bien –comentó sonriendo–... Y yo estoy estupendamente bien y lista para la fiesta.

–¿Y cuándo no lo estás? –rió Dax ofreciéndole su mano libre para que se levantara. Y mientras se reunían con sus amigos, Jillian pensó que era cierto, que nunca se había sentido mejor.

Había cerrado el círculo de su vida. Y aunque siempre sentirían pesar por los años perdidos, empezaban a superarlo. Tras años de reproches, al fin su amor había triunfado y avanzaba hacia un sonriente futuro.

Cuando Romano Inc. se hizo con el control de la revista *Chic*, Susannah Madison, la redactora jefe, decidió parar en seco a Matt Romano. Él era consciente de la opinión que Susannah tenía de su persona; arrogante y descerebrado eran sólo un par de los adjetivos que había utilizado.

Susannah había elaborado un plan brillante para mantener en circulación la revista: encontrar al Hombre Más Sexy del Mundo y hacerlo aparecer en las páginas centrales del especial del día de San Valentín. Matt accedió, pero insistió en supervisar la búsqueda de Susannah... y en seducirla a ella. De repente, Susannah se dio cuenta de que no necesitaba buscar más lejos para encontrar al Hombre Más Sexy del Mundo...

El hombre más atractivo

Sandra Marton

PIDELO EN TU QUIOSCO

Ella era una mujer embarazada, sola... y muy hermosa. ¿Y qué podía hacer un honorable cowboy como Zach Calhoun excepto ofrecerle un empleo mientras esperaba el nacimiento de su hijo?

Mallory Phillips se había jurado no volver a abrir su corazón a nadie, pero era muy vulnerable y necesitaba un hombre fuerte como Zach.

El deseo que sentía Zach al verla era muy distinto a todo lo que había sentido antes. ¿Pero podría verse a sí mismo como un futuro padre?

PIDELO EN TU QUIOSCO

Durante dos años, Amy Taylor había logrado mantener a su atractivo jefe a distancia. Pero una mañana todo cambió irremisiblemente. Ver a Jake Carter, un soltero empedernido, con el bebé de su hermana en brazos había hecho que la armadura de Amy se viniese abajo.

¿Qué importaba que hubieran perdido el control por una vez? La vida volvería a su cauce y seguirían trabajando juntos como si nada. Pero no fue así. Amy se quedó embarazada... de su jefe.

Una conquista más

Emma Darcy

PIDELO EN TU QUIOSCO